by Russell S. Crenshaw, Jr.

THE BATTLE OF TASSAFARONGA

ルンガ沖の閃光

日本海軍駆逐艦部隊対アメリカ海軍巡洋艦部隊

［著］
ラッセル・クレンシャウ
［訳・監修］
岡部いさく
［訳］
岩重多四郎

大日本絵画 Dainippon Kaiga

序文
Foreword

ルンガ沖夜戦（米側呼称：タサファロンガ海戦 Battle of Tassafaronga）は、第二次大戦中のガダルカナル島争奪戦においてサヴォ島周辺で起こった最後の戦いであり、歴史書ではほとんど触れられていないが最も重要性の高いもののひとつである。それは日本軍のソロモン諸島への進撃が挫折したことを明示し、日本軍の上級組織に対して、果ては東京湾での降伏調印へと続く撤退を開始せねばならないと認知させた。その点においてはミッドウェイ海戦と同様の重要性がある。

この戦いで米側は敵によって、不確かな戦果と引き換えに重巡洋艦1隻撃沈、3隻大破の被害を受けた。米海軍にとっては、早く忘れられるなら早いほどよい、悪夢のような出来事であった。この穏やかならざる海でそれまでに行なわれたほとんどの戦いと同様、何が起こったかを正しく確定するのは困難である。観察者の報告は既知の事実と一致しない。我が方の艦にどのような状況で損害が発生したのかを説明するのも難しい。その出来事の全体に、神秘のオーラが漂っているのである。

著者は米部隊の前衛駆逐艦3番艦「モーリー」(USS Maury DD-401)の砲術士官であった。自艦と他の3駆逐艦が、当時の状況下でいかなる艦も成しえるだけの役割を果たしたはずだと感じているが、1942年11月30日夜の出来事を実際に知って、それにどうしても満足できなかった。たまたまワシントン海軍工廠内の海軍歴史センター作戦公文書館(the Operational Archives of the US Naval Historical Center)で若干の調査を行なっていたところ、縁あっていっそう本格的な精査を進めることになったのだが、戦闘の再現に充分な情報を得て、次第に何が起こったかを理解していった。この忘れられた戦闘が、長く困難な戦役における単なるひとつの踏み石ではなく、米海軍とその兵器の本質そのものが試された試練の場であったということを、著者は悟ったのである。それは、現実と異なる状況のもとで存在したかもしれないもの——真に破滅的な敗北——の縮図であった。

Acknowledgement
謝辞

本書のかなりの部分は他の資料をもとに作成しているため、文章全体に註釈を付けたり脚注にページを割いたりするのは現実的でない。そこで著者は全範囲にわたって下記の通りクレジットを付与する方式を選んだ。

ソロモン諸島戦線の通史とルンガ沖夜戦以外の全個別戦闘に対しては、サミュエル・エリオット・モリソン著〝History of the United States Naval Operations in World War II〟(little, Brown and Company 刊）を中心資料とした。他海戦における「モーリー」を除く各駆逐艦の追加的個別情報は、セオドア・ロスコウ著〝Destroyer Operations in World War II〟(United States Naval Institute 刊）に依存する。

本戦闘における日本側の要点は、ポール・ダル著〝The Japanese Navy In World War II〟(U.S.

Naval Institute 刊）および日本海軍・田中頼三著〝The Struggle for Guadalcanal〟第5章から入手した。

田中提督は、ガダルカナル作戦の期間中日本側が行なった大半の補給作戦の指揮をとっており、ルンガ沖夜戦時の日本部隊指揮官でもあった。本書の第7章「東京急行」は、田中提督が自身の長い苦闘を綴った興味深い記録文を要約したものであり、第8章「敵側」において彼の名が出るところはいずれも、戦闘時の彼の観察記録と回想を含んでいる。

すべての公式文書、なかでも以下の段落で言及するものは、ワシントン海軍工廠米海軍歴史センターが出所で、著者はその有能・有用なスタッフの恩恵にあずかった。

第6章でまとめた日本海軍軍備における酸素魚雷の歴史と影響は、それぞれ部分的に、田中提督の説明と、戦後の米国戦略爆撃調査団（太平洋）担当者による日本海軍将校の聴取報告書から作成した。九三式魚雷の技術的要目と性能は〝U.S. Naval Technical Mission to Japan's report on Japanese Torpedoes and Tubes〟による。

第9章「魚雷の問題」は、米海軍の魚雷に関する計画と、最終的に魚雷の欠陥が露見し是正されるに至る進捗状況の歴史だが、ビュフォード・ローランド、ウィリアム・B・ロイド共著〝Bureau of Ordnance in World war II〟（U.S. Government Printing Office 1953年刊）をもとにした。アルバート・アインシュタイン博士の書簡は、ワシントン州キーポートに新設される海軍潜水艦博物館参考図書館の準備に携わっているR．C．ジレット大佐から著者が開示を受けた。

米側の作戦参加各指揮官の行動と意見は、当初軍事機密に類別されていた以下の戦闘報告書から作成している。

- Commander Task Force Sixty Seven Serial 06 of December 9, 1942. Rear Admiral C. H. Wright's official "Report on Action off Cape Esperance, Night of November 30, 1942."
- Commander South Pacific Area and South Pacific Force Serial 00411 of February 20, 1943. Admiral W. F. Halsey's "First Endorsement" to Admiral Wright's report.
- Commander in Chief, U.S. Pacific Fleet Serial 00546 of February 15, 1943. Admiral C. W. Nimitz's report to Commander in Chief, U. S. Fleet, Admiral E. J. King.
- Commander Task Unit Sixty-Seven Point Two Point Three Serial 042 of December 6, 1942. Rear Admiral M. S. Tisdale's report to Admiral Wright.
- Commanding Officer, USS Fletcher, DD-445, Action Report, Serial (s)-3, of December 3, 1942.
- Commanding Officer, USS Perkins, DD-377, Action Report, Serial 01854, of December 1, 1942.
- Commanding Officer, USS Maury, DD-401, Action Report, Serial 026, of December 3, 1942.
- Commanding Officer, USS Drayton, DD-366, Action Report, Serial 057, of December 3, 1942.

- Commanding Officer, USS Minneapolis, CA-36, Action Report, Serial 0247, of December 6, 1942.
- Commanding Officer, USS New Orleans, CA-32, Action Report, Serial 071, of December 4, 1942.
- Commanding Officer, USS Pensacola, CA-24, Action Report, Serial 0178, of December 4, 1942.
- Commanding Officer, USS Honolulu, CL-48, Action Report, Serial 0142, of December 4, 1942.
- Commanding Officer, USS Northampton, CA-26, Action Report, without serial number, of December 5, 1942.
- Commanding Officer, USS Lamson, DD-367, Action Report, Serial 00242, of December 3, 1942.
- Commanding Officer, USS Lardner, DD-487, Action Report, without serial number, of December 8, 1942.

上に述べた資料に加え、ＡＴＩＳ文書１６０９６として扱われている、１９４２年11月30日ルンガ沖夜戦に関する日本側報告書の完訳を歴史センターから入手した。この文書は、交戦中のあらゆる日本側戦闘行動と時刻の基準として用いている。日本側の戦況図は縮尺不明瞭で描画も不正確だが、日本側各艦の運動状況の基盤として用いた。

ワシントン文書センターの文書ＷＤＣ１６１７１１、ＷＤＣ１６０７０２〝Records and

Operations of the Japanese 2nd Destroyer Squadron〟は、田中回想記の内容検証に使用。

日本駆逐艦の特徴については、アンソニー・J・ワッツの秀作〝Japanese Warships of World War II〟(Doubleday & Company, Inc. 刊)を参考文献として使った。

本書の写真はキャプションで示したとおり、U.S. Naval Institute、the National Archives、東京の the National Institute for Defense Study(国立防衛研究所)から入手した。

第9〜11章については、著者は自身の駆逐艦・巡洋艦の乗艦勤務経験、ならびに長年研究開発組織で海軍兵器とそれらを複合した管制システムの設計製作に携わってきた経験に依存した。

Contents

目次

1 Prolog 第1章 プロローグ

カールトン・ライト少将は巡洋艦「ミネアポリス」の旗艦艦橋で、座り心地の良い回転椅子に背中を預けたままじっと前方を見据え、2基の8インチ3連装砲塔ごしに彼方の水平線に目を凝らしていた。

従兵は両足を踏ん張ってゆったりと横揺れする艦の動きに合わせ、左手で銀のトレイのバランスを取りつつ、トレイに被せた真っ白なリネンの真ん中にひとつだけ乗っているカップに、熱いコーヒーを手慣れた様子で注ぎ込んだ。上品なカップとお揃いのソーサーには金色の縁取りと、2つ星がついており、少将の位を表していた。

ライト提督は何カ月も前から第6巡洋艦戦隊の司令の任にあり、アメリカ軍のソロモン諸島進攻作戦開始以来、この「ミネアポリス」を旗艦として、空母「サラトガ」の任務部隊とともにいくつもの戦闘をくぐり抜けてきた。しかしほんの一昨日、第67任務部隊の指揮を引き継ぎ、今やサヴォ島近海で日本艦隊と相いまみえるべく、航行を続けているのだった。

提督の心中に何が去来しているか、全乗員も心得ていた。だからこそ従兵はトレイを提督の手の届くところに置いて、そのまま音を立てないように艦橋から下がっていったのである。

ライト少将はどんよりと青い海面の向こう、サン・クリストバル島の上にかかるちぎれ雲を見つめた。そこがソロモン諸島の最東端、インディスペンサブル海峡の入り口にあたるのだが、目は景色を見てはいなかった。心は来るべき作戦のことで一杯だった。ハルゼー中将は出せる限りの兵力を与えてくれた。重巡洋艦4隻と大型軽巡洋艦1隻、しかし駆逐艦はたった4隻しか工面できなかった。完璧な部隊編制ではなかったが、8インチ砲と6インチ砲にはたっぷりのパンチ力があった。

ここまでガダルカナル沖の海戦では、前任者たちは日本軍に手ひどい目にあってきていたので、ライト提督としてはなんとしても前者の轍を踏まないようにするつもりだった。第1次大戦では、トーシッグ准将率いるクイーンズタウン・コマンドで、4本煙突〝フォー・パイパー〟の駆逐艦「ジャーヴィス」に乗り組み、そこから昇進の梯子を一段ずつ昇って、まず駆逐艦の艦長、それから駆逐戦隊司令となり、開戦の直前にはアメリカ海軍アジア艦隊の旗艦、重巡「オーガスタ」の艦長となっていた。

第1次大戦の直後から海軍大学上級弾薬課程に進み、以来、艦隊や陸上基地で弾薬畑を歩んできており、これまでの最後の陸上勤務はヨークタウンにある海軍機雷兵站部の司令であった。この半年前からは太平洋艦隊の最精鋭、第6巡洋艦戦隊司令の職にあった。巡洋艦と駆逐艦からなる部隊の指揮をまかせられる人物がいるとすれば、それはライト少将を置いて他にはいなかっただろう。

トミー・キンケイド少将と交替して第67任務部隊の司令となったのは、わずか2日前のことではあったが、ライト少将は8月7日にアメリカ軍がソロモン諸島に侵攻してからずっと、前線で戦隊司令を務めてきた。下級の指揮官には解読が許されないような暗号通信も、戦隊司令ともなるといろいろと読むことができた――〝知る必要〟があるとされていたのである。したがって、これまでの戦いに関する報告や論評も、最新のものに至るまで逐一目を通していた。そして今日は1942年11月30日だった。

サヴォ島近海での最初の海戦は、ガダルカナル上陸のたった42時間後の、8月8日から9日にかけての夜に戦われ、連合軍側は信じがたいほどの大失態を演じてしまった。ライト少将の第6巡洋艦戦隊はその時には「サラトガ」の任務部隊とともにソロモン諸島の南東にあったのだが、ガダルカナル島とツラギ島の間の水道には、アメリカ巡洋艦4隻とオーストラリア巡洋艦3隻が、10隻あまりの駆逐艦とともに配置され、兵員や物資を乗せた輸送船を守っていた。これらの艦は3つのグループに別れ、サヴォ島の北と南で1グループずつが水道の西の入り口を固め、もうひとつの小グループが東側の入り口で警戒にあたっていた。全部隊の指揮をとるのは上陸部隊の司令官、ケリー・ターナー少将で、巡洋艦「オーストラリア」に座乗するイギリス海軍クラッチリー少将が、すべての巡洋艦と駆逐艦の指揮にあたった。ターナー提督はその夜、海兵隊が上陸したルンガ岬の沖合に停泊する旗艦の輸送船「マッコーレイ」にクラッチリー少将を呼び、深夜の会議を催していた。

連合軍の艦艇の乗員たちは、数日間ほとんど戦闘配置についたままで過ごし、上陸作戦の緊張から疲労困憊していた。西側の2つのグループは担当海域を低速で航行しながら、寝ぼけまなこで哨戒を続けていた。もし敵艦が近づいてきたら西方の警戒位置にいる駆逐艦、「ブルー」と「ラルフ・タルボット」が警報を発してくれると当てにしていたのである。

深夜0時をわずかに過ぎたころ、正体不明の航空機2機が視認され、警戒配置の2隻の駆逐艦と、さらには北側の巡洋艦1隻からも報告されたが、これに対して何の行動も起こされなかった。警戒駆逐艦は警報を発しようと多少試みたようではあったが、日本の海軍部隊はまったく突然にサヴォ島とガダルカナル島西北端エスペランス岬の中間に姿を現し、連合軍部隊の南側のグループを射ちのめそうと前進してきたのである。

巡洋艦の列の左舷前方にいた駆逐艦「パターソン」は慌てて警報を送りつつ、射撃を開始したが、巡洋艦3隻の先頭、オーストラリア海軍の重巡「キャンベラ」は日本艦の砲弾が命中し始めた時にも、まだ警報に反応できないでいた——そこに日本軍の魚雷2本が右舷にたたき込まれた。右舷前方にいた駆逐艦「バグレイ」は艦首を巡らして、8本の魚雷を扇状に発射したが、日本艦の隊列はすでにさっさと遠ざかりつつあった。

「キャンベラ」の艦尾に続いていた、アメリカ重巡「シカゴ」は何がどうなったのか見極めようとしているうちに、日本軍の魚雷で艦首の一部を吹き飛ばされた。驚き慌てて星弾を発射したものの、信管が調定されていなかったので、不発弾になってしまった。前方で探照灯が閃き、それを目がけて25発撃ったが、光は消えた。「シカゴ」は自分の探照灯を点灯、それでも何も見えず、探照灯のシャッターを閉じ、燃える「キャンベラ」の側をよろよろと進んでいったが、結局敵影は一度も捕らえられないままであり、しかも信じられないことに、「シカゴ」は何ら警報も警告も発しなかったのである。

その夜は靄があり、ときおりスコールが降っていた。そんなわけで、日本軍の水上機がルンガ岬上空でまばゆい照明弾を投下すると、連合軍艦艇の目はそちらに引き付けられてしまい、その間に日本艦の隊列は北に方向を転じていった。アメリカ重巡「ヴィンセンス」「クインシー」「アストリア」、それに前方警戒の駆逐艦「ウィルソン」「ヘルム」は、サヴォ島の北東を10ノットで正方形を描いてゆっくりと周回しており、ちょうど北西方向への航程を終えたところで、日本軍の射撃を受けてしまった。アメリカ艦がどれも警戒配置の駆逐艦の無線通信を聞いていなかったのも、あるいは南方の砲撃の閃光にもまったく気づいていなかったというのも信じられない話だが、全艦とも乗員を戦闘配置にすらつけていなかった。

最後尾の「アストリア」が最初に戦闘にひきずりこまれた。艦橋の見張りがルンガ岬上空の照明弾は何なのだろうとぼんやり考えているところに、兵隊たちの様子を見に来た砲術長がやってきて、やっと日本艦の隊列を視認し、総員配置を発令、まだ要員もそろわない砲塔に射ち方始めを命じた。第2斉射の砲声が轟いた時、仰天した艦長が現れて射ち方止めを命じ、何がどうなっているのか説明を求めた。艦長が〝ガン・ボス（砲術長）〟の判断が正しいことに納得し、射撃再開を許可した時には、すでに日本巡洋艦は射程をつかみ、20㎝砲弾が「アストリア」の上部構造にたたきつけられていた。カタパルト上の艦載機も引火し、艦の上甲板から上は燃え盛る地獄となった。射撃は続いていたが、船体は穴だらけになっていた。間もなく動力と操舵の自由が失われ、漂いながら戦闘海域から離れていった。乗員は必死になって火災と浸水に立ち向かったが、艦が負った傷は深く、手の施しようがなかった。消えようとしない火と次第に増えていく浸水との戦いは長く続き、とうとう翌日の正午をわずかに過ぎた時に「アストリア」は沈没していった。

その前方にいた「クインシー」は、さらに猛烈な打撃を受け、すぐに炎を上げる松明と化してしまった。2方向から20㎝砲弾をたたき込まれたのに加え、中央部に魚雷1本が命中し、2番砲塔が爆発、艦橋をなぎはらわれ、艦長が致命傷を負った。「クインシー」は転覆し、40分で沈んだ。

この北方グループは「ヴィンセンス」の艦長が指揮をとっていたのだが、その「ヴィンセンス」もほとんど同じような運命をたどった。艦橋では判断に迷い、続けざまに重砲弾が命中して艦上機と航空燃料が火に包まれ、5分としないうちに中央部に2本の魚雷を受け、すぐにもう1本命中、艦首から艦尾まで炎が立ちのぼり、砲も砲塔もすべてやられ、「ヴィンセンス」はゆっくりと横倒しになって、1時間もしないうちに沈んでいった。

レーダーは警報を発するに至らず、無線の音声通信もつながらず、見張り員や射撃指揮の士官は照明弾や火災、射撃の閃光で夜目がきかず、敵艦は航行を続けて、目につくものすべてに射撃を加えていった。日本艦がそのまま北西に向かい、夜陰の中に消えていってくれたのは幸いだった。ツラギやルンガ岬付近には輸送船が沢山いて、格好の餌食になるところだったのである。

ライト少将は艦上機と航空燃料の火災の危険を避けるため、前もって巡洋艦の艦載機の半数をエスピリッツに降ろし、残りはツラギに派遣して、艦には1機も載せず、しかも夜間に必要となった場合には、いつでも飛んで来て観測や照明弾投下ができるようにしておいた。また部隊の全艦には、防火倉庫に入っていない燃えやすいものはすべて捨てるように命じてもいた。

10月半ばに起こったサヴォ島での2度目の海戦は、最初のものよりは随分ましであったが、それでもまだ改良の余地が沢山あった。ライト少将よりも海軍大学で1期先輩にあたるノーマン・スコット少将は、部隊の艦を緊密な指揮の下に置き、しっかりした戦闘計画を立てていた。重巡「サンフランシスコ」に少将旗をかかげ、旧式な重巡「ソルトレイク・シティ」と、発射速度の速い6インチ砲を備えた軽巡2隻、「ボイジ」と「ヘレナ」を従え、さらに新型の1600トン級駆逐艦5隻を、第12駆逐戦隊司令R.G.トビン大佐の指揮下に置いていた。

サヴォ島での最初の海戦以来、日本軍はガダルカナル島に増援兵力を送り込もうと努めながら、とりわけアメリカ軍のヘンダーソン飛行場を始末しようとしていた。この基地はあたかも不沈空母のように、戦闘地域の真ん中にどっかりと腰を据えていたのである。日本軍の大規模攻撃は、スチュワート島沖での空母戦闘で最高潮に達し、8月末には撃退されてしまっていたが、それでもなおヘンダーソン飛行場には、ひっきりなしに空からの爆撃と海からの砲撃が加えられた。スコット提督がエスピリッツから出撃することになったのも、飛行場の機能を奪おうとする新たな試みを阻止するためであった。連合軍の偵察と情報収集がうまくいったおかげで、スコット少将は10月11日の午後11時30分ごろには、サヴォ島の15海里西方で、日本部隊の先頭を待ち受けることができるようになっていた。

レーダーが北西27000ヤードの距離に目標を捕らえ、まもなくアメリカ部隊の艦列が日本艦列の前方を横切り、T字形に行く手をふさぎつつあることが判明してきた。このような願ってもない態勢を維持しておこうと、スコット少将は一点回頭を命じた。そのため巡洋艦は隊列を組んだまま、敵側に旋回して針路を逆転させることとなり、先行していた駆逐艦3隻は交戦側に回りこんで、旗艦の前方まで進出しなければならなくなった。この艦隊運動の下令が遅すぎた。一番近い敵艦がアメリカ部隊から5000ヤードの距離に来たときに戦闘が始まり、先頭に出るはずの駆逐艦3隻は、まだ隊列の中央あたりにいるところで捕まってしまったのである。

スコット部隊の巡洋艦は日本の3隻の巡洋艦のうち、先頭の艦に射撃を集中し、すぐさま命中弾を得た。ところがスコット提督は味方の駆逐艦を射撃してしまうことを恐れて、わずか1分間射撃しただけで「射ち方止め」を命じた。だがすでに戦闘は射ち合いになっており、この命令は完全には実行されなかった。

トビン大佐の旗艦、駆逐艦「ファーレンホルト」は急いで先頭の位置につこうとしているところを、両舷から射撃を浴びた。2番艦の「ダンカン」はまだ回頭中に敵艦を視認し、敵を目視し次第交戦せよというスコット提督の戦闘指示を忘れずに、30ノットに増速して、主砲を撃ちまくりながら敵巡洋艦にまっすぐ突進していった。しかしそれもつかの間、すぐに日本軍の先頭の巡洋艦と1隻の側面護衛の駆逐艦の間に入りこんでしまったのに気づかされることとなった。敵に砲を向け続け、さらに魚雷も発射しようと右に急旋回したところで、「ダンカン」は両側から袋だたきにされた。ボイラー室で1弾が炸裂、速力が落ち始め、主砲の射撃指揮装置と前部煙突も撃ち飛ばされ、砲側の予備弾が誘爆して火災が発生、そこに今度は味方側からの斉射を受け、上部をなぎはらわれた。深手を負い、激しく炎上しながら「ダンカン」は北に回頭して、戦場を去っていった。

前衛駆逐艦の最後尾、「ラフェイ」は状況が惨憺たるものになってきているのを見て、急いで下がり、取り舵一杯を取って巡洋艦の列の後ろについた。有り難いことに日本軍も不意を突かれて、敵味方の識別に確信がもてないでいた。

スコット提督はトビン司令と無線で数分間やりとりして、駆逐艦部隊がどこにいるか確かめた末に、射撃再開を命じた。この時には日本艦は針路を北西に反転していたので、スコット少将は部隊を右に向け、敵と並行するように進めた。「サンフランシスコ」はすぐ近くに艦影を認め、即座に探照灯のシャッターを開き、日本駆逐艦の姿を浮かび上がらせた。「サンフランシスコ」の砲撃に他の艦も加わり、敵艦を忘却の彼方へたたき込んだ。その少し後、軽巡「ボイジ」は探照灯を点灯してみたことで、お返しにもう少しで海上から吹き飛ばされるような目に会ってしまった。「ボイジ」は艦首から艦尾まで燃え上がり、ほとんどの砲が沈黙し、隊列から後落して南方へと避退していった。

30分間の激闘の末、日本側の巡洋艦1隻と駆逐艦1隻が確実に沈没し、残りの敵艦も全速力で尻尾を巻いて逃げ去ったので、スコット提督は交戦を打ち切って「ボイジ」と「ファーレンホルト」を援護することとした。また、別の日本部隊が夜陰に乗じて現れた場合に備えて、態勢を整えておきたくもあった。「ダンカン」は地獄のように燃え盛っており、放棄せざるを得ず、翌日の昼ごろに沈没した。「ボイジ」は修理のためアメリカ本国まで送りかえさなければならなかった。「ソルトレイク・シティ」も大破して、パールハーバーに戻って修理を受ける必要があった。

このサヴォ島近海での2度目の戦闘は、アメリカ軍にとっては確かに最初の戦いよりはよい結果となり、大きな損害を被ったのは両軍双方ともであった。当初の報告、とくにアメリカ本国の新聞などは、海戦の様相をいかにも勇気の持てそうな調子で描き出し、「ボイジ」の役割も英雄的なものとして扱われていた。しかし実際にはアメリカ側は、日本巡洋艦と駆逐艦各1隻を撃沈し、不確定ながらさらに2隻の巡洋艦を希望的に見ておそらく大破させたのと引き換えに、巡洋艦2隻と駆逐艦2隻を戦闘不能とされていたのである。しかもガダルカナル島の戦況に対するこの海戦の意義をいうのであれば、スコット少将が戦ったのとは別の日本部隊が、大規模な増援兵力と資材をコリ岬付近に上陸させることに成功し、アメリカ軍の攻撃を受けずに逃げおおせた方が重要であった。

ライト少将としては、スコット提督がどうして夜間、敵が接近している最中に、あのような複雑な一点回頭の艦隊運動を命じなければならなかったのか、まるで合点がいかなかった。単純に各艦にその場回頭させても同じ目的を達することができ、しかも3分以内に運動が完了していたはずであった。さらに夜戦において探照灯を使用することが自殺への招待状であることも、劇的な形で証明されていた。しかしライト少将にはノーマン・スコット少将と語り合う機会は得られなかった――スコット提督はそれまで生きていなかったのである。

つづいてライト少将は、2週間前の11月13日から15日の3日間にわたってサヴォ島周辺で戦われた凄惨な激闘に思いを馳せた。日本軍は10月に撃退された時に続いて、またも艦隊の総力を挙げて幾つもの部隊を編成して攻め寄せて来たが、今度はちょうどアメリカ軍が増援兵力を送り込もうとした時期とぶつかった。3隻の強襲輸送艦からなる第1陣は、防空軽巡「アトランタ」に座乗するスコット少将と4隻の駆逐艦に護衛されて、11日にルンガ岬に到着し、重装備の陸揚げを開始した。12日の夜明けには旗艦「マッコーレイ」に乗るケリー・ターナー少将が満載の輸送船総勢4隻とともにやって来て、その護衛には巡洋艦5隻と駆逐艦8隻のダン・キャラハン少将の部隊がついていた。また空母「エンタープライズ」座乗のトミー・キンケイド提督率いる第16任務部隊も、上陸を支援するべくヌーメアから北上しつつあったが、〝ビッグE〟こと「エンタープライズ」は、サンタ・クルズ海戦での爆撃で受けた損傷の修理を続けられるよう、ゆっくりと航行しなければならなかった。これに加えて、戦艦「ワシントン」と「サウス・ダコタ」、駆逐艦4隻を率いるウィリス・A.リー少将も、前進して待機するよう命じられていた。

日本軍がアメリカ軍の増援到着を放っておくつもりがないことは、いろいろな兆候に示されていた。スコット少将の部隊は10日から日本軍の長距離偵察機に視認され、つきまとわれており、11日に上陸が始まった途端に日本の急降下爆撃機が現れた。たっぷりと警報を受けていたスコット提督は全艦を走らせておいたので、実際に被弾した艦は1隻もなかったが、強襲輸送艦「ズィーリン」は至近弾によって船体水線下に損傷を受け、積み荷を半分残したままで南方に避難させなければならなかった。午後には、日本軍の双発爆撃機〝ベティー（一式陸上攻撃機）〟の編隊が高高度で飛来し、ヘンダーソン飛行場に爆弾の雨を降らせていった。

12日の午後、アメリカ陸海軍合同揚陸戦部隊は、日本軍があらゆる種類の航空機を動員して総攻撃をかけてきたため、全艦船の陸揚げ作業を中断しなければならなくなった。ヘンダーソン飛行場から出撃したアメリカ戦闘機は、日本の高高度水平爆撃機や急降下爆撃機をサヴォ島よりも遠くの西方海上で迎え撃ち、敵が突入を開始する前に多くを撃墜したが、それでも魚雷を積んだ一式陸攻20機あまりが波頭すれすれに滑りこんで来て、でっぷりとした図体の揚陸輸送艦に襲いかかった。ターナー提督の部隊は艦を巧妙に操り、魚雷を全部回避し、対空火器の猛射と味方戦闘機で一式陸攻のほとんど全機を撃墜した。しかし代償も支払わなければならなかった。「サンフランシスコ」は瀕死の一式陸攻に後部構造物をやられ、後部高角指揮装置を破壊され、50名が負傷し、また駆逐艦「ブキャナン」は味方の砲火で大きな損害を受け、戦線を離脱する羽目となった。

一方、連合軍の長距離偵察機や沿岸監視員は、日本艦艇多数がガダルカナルに向けて航行中との報告を送ってきていた。ガダルカナル島の北３００海里では、巡洋艦1隻と駆逐艦6隻を伴う戦艦２隻が視認され、北々西２００海里には駆逐艦5隻が発見された。さらに西方２６５海里では空母２隻と駆逐艦2隻が認められ、直線距離で北西わずか２８０海里のブイン～ショートランド周辺に艦船多数があることも報告された。敵の攻撃が切迫していることを感じたターナー提督は、揚陸戦部隊を比較的安全な東方のインディスペンサブル海峡へと後退させた。輸送船が無事にロンゴ海峡を通過すると、キャラハン提督率いる巡洋艦全部と駆逐艦8隻を引き返させ、日本軍に立ち向かわせた。日本軍の勢力は戦艦2隻と軽巡1隻、駆逐艦10隻あまり。間もなく戦艦は「比叡」と「霧島」であることが識別され、これらがヘンダーソン飛行場を無力化するべく、一路南進していることが、夜には明らかとなっていた。

旗艦「サンフランシスコ」上のキャラハン提督は、部隊を長い1列縦隊の形に展開させ、第10駆逐隊司令T.M.ストークス中佐の旗艦「カッシング」以下、「ラフェイ」「ステレット」「オバノン」の4隻を前衛駆逐艦とし、それに軽巡「アトランタ」重巡「サンフランシスコ」「ポートランド」軽巡「ヘレナ」「ジュノー」の順で巡洋艦が続いた。次席指揮官のスコット少将は「アトランタ」に座乗しており、キャラハン少将はその1年先任であった。後衛につくのは、今は「アーロン・ウォード」に乗る第12駆逐戦隊司令トビン大佐で、「バートン」「モンセン」「フレッチャー」を率いる。13日の金曜日の0100時少し過ぎ、キャラハン隊の長い縦列は、ルンガ岬の北方1海里を通過、西に向かっていた。

最初の接触は0124時に起こった。「ヘレナ」の優秀なSGレーダーが大遠距離で目標を捕らえたのである——北西方向に二つ、ひとつは距離27000ヤード、もうひとつは32000ヤードであった。3分後、キャラハン提督は部隊に面舵をとって針路310度とするよう命じ、真っすぐに目標へと向かわせた。「サンフランシスコ」には良い水上捜索レーダーがなかったので、キャラハン少将は「ヘレナ」と「オバノン」に幾度も敵の動きを尋ねながら10分間針路を保っていたが、敵との距離が急速に縮まっていくにもかかわらず、戦術命令や戦闘指示は何ひとつ示さなかった。0137時、一番手前の敵との距離が10000ヤードを切ったとき、やっと針路を北よりとし、速力を20ノットに増すよう命令が下った。戦術音声通信、いわゆるTBSは、いくつもの目標発見の報告や、距離と方位を告げる声でいっぱいになったが、指令は発せられなかった。

０１４１時、13隻の縦隊はまだ半数が北への転向点に達してなかったため、真ん中から折れ曲がった形になっていた。その先頭にいた「カッシング」は、日本駆逐艦２隻が前方を左舷から右舷へと横切っていくのを視認した。艦長のエドワード・N.パーカー少佐は警報を鳴らして左45度に転進し、砲の射界が開けるようにした。後続の「ラフェイ」は旗艦の動きに追従したが、「ステレット」と「オバノン」はそのまま北進を続けた。軽巡「アトランタ」はちょうど転舵を終えたところで、前方で何が起こっているのか知らないまま、縦列から左にはみだした。キャラハン提督は思いもかけないこの動きを見て、「アトランタ」に何をしているのか問いただした。サミュエル・P.ジェンキンス艦長からの答えは「味方駆逐艦を回避中」というものだった。そのころ敵艦がすり抜けていくのを見守っていた「カッシング」のストークス中佐は、魚雷発射の許可を求めた。キャラハン提督は認めたが、それが受信されたときには、すでに目標は闇の中へ消えていた。時間はいたずらに過ぎ去り、アメリカ各艦の艦橋では混乱と疑念が広がっていった。

０１４５時、とうとうキャラハン提督は「射ち方用意」を命じた。ストークス中佐にはそれだけで充分だった。「カッシング」は右舷側、近距離にいた軽巡洋艦に射撃を開始した。しかしすぐさまゼロ距離射撃の応射をくらい、動力を失って、速力が落ち始めた。巨大な日本戦艦の姿が左舷に現れ、「カッシング」は残っていた速力でのろのろと右に回り、目の前にそびえる敵影に６本の魚雷を発射した。乗員たちはそのうち3本は命中したものと思っていた。この戦艦が「比叡」であることは後にわかったが、そのまま前進を続け、「カッシング」は探照灯の光線に捕らえられ、雨あられの砲撃に八つ裂きにされ、艦首から艦尾まで火に包まれた。

後をついてきた「ラフェイ」は「カッシング」を追い抜き、それから縦隊と同じ北寄りの針路に戻ったものの、左舷1000ヤードの巨大な戦艦と衝突針路にあることに気づく羽目になってしまった。魚雷2本を発射し、敵艦の艦首を横切り、それから艦尾に抜けようと取り舵一杯に切って、向けられる砲と機関銃のありったけで日本艦の全長にわたって掃射を加えた。やっとすれ違ったと思ったところで、36cm砲の斉射を2度浴び、次いで艦尾に魚雷1本をくらった。機関はばらばらになり、上部には火災が起こり、後部には急速に浸水して、艦長ウィリアム・E.ハンク少佐は「総員退去」を命じた。乗員は整然として退艦したが、15分後に艦が沈没すると爆雷が爆発し、ほとんどの生存者の命を奪うこととなった。

「ステレット」は「カッシング」と「ラフェイ」が左に転進したにもかかわらず、キャラハン提督の最新の命令を守って、針路0度を保っていた。「オバノン」もその航跡に続いた。キャラハン提督は隊列の先頭で砲撃戦が始まってから、「奇数番艦は右舷に射撃を開始せよ、偶数番艦は左舷に」と命じた。「ステレット」の艦長、ジェシー・G.カワード中佐はそれに従い、急転舵しながら右舷の2隻の駆逐艦めがけて射撃を始めたが、目標は前方を通過して消えてしまった。しかも2~3度斉射しただけで、「ステレット」は後部に左舷から日本艦の砲弾を受け、一時的に舵の操作ができなくなり、マストに当たったもう1発の敵弾でレーダーが使えなくなった。その時に左舷側に突進してくる「比叡」を発見、機関で方向を変えつつ、約2000ヤードの理想的な距離から魚雷4発を発射したが、命中は認められず、巨艦は後方を通り過ぎていった。

エドウィン・R.ウィルキンソン中佐の「オバノン」は、アメリカ部隊の中でSGレーダーを装備するたった3隻の中の1隻で、彼我の動きの全体が良く見て取れたので、一番うまい目標を慎重に選ぶことができた。傷ついた「ステレット」をかわそうと左に転じながら、砲声を轟かせている「比叡」にわずか1200ヤードの至近距離から射撃を加え、魚雷2本を発射した。ところが2本とも敵戦艦の真下を通ったように見えながらも、爆発は起こらなかった。「オバノン」は敵艦の真横を反航しながら全火力を浴びせたが、そこで「味方艦への射撃を止めよ」という信じられないような命令をTBSが伝えてきた。ウィルキンソン艦長は射撃を中止した。

0150時、日本軍の探照灯の光芒1本が「アトランタ」を捕らえ、階段状の背の高い上部構造物を真昼のように照らし出した。「アトランタ」も数多い5インチ砲塔で、左右両舷の暗い目標の影めがけて射撃を開始した。探照灯はすぐに消えたが、他の敵艦多数が砲撃を集中し、「アトランタ」はたちまちのうちに砲弾の嵐に包まれ、スコット少将と幕僚のほとんどが戦死してしまった。命中した砲弾の中にはアメリカ艦の砲から放たれたものもあったかも知れず、そのためにキャラハン提督は先の命令を発するに至ったのである。いずれにせよ、「アトランタ」の上部構造は目茶目茶に引き裂かれ、日本軍の魚雷の少なくとも1本が中央部に命中し、速力が落ちて停止したまま、燃える破船となって戦闘海面から漂い出ていった。

「サンフランシスコ」は右舷真横にいる敵艦1隻を目がけて近距離から砲撃を始め、8インチ砲で7斉射を送ったが、間もなくはるか後方から1本の探照灯に照らされた。目標を光線の出所に移し、敵艦を炎上させたものの、そこで右舷艦首方向にいた日本戦艦が36㎝砲弾をたたきつけてきた。この時にキャラハン少将が「味方艦への射撃を止めよ」との命令を下したため、射撃は中断されることとなった。「サンフランシスコ」はほとんど瞬時にして、右舷の戦艦と左舷の駆逐艦の日本の2艦からの同時攻撃を受けてしまった。上部構造物は吹き飛ばされてくず鉄となり、キャラハン提督と幕僚、それにカッシン・ヤング艦長と艦橋要員のほとんど全員がもろともに戦死した。艦は上部を炎に包まれ、機関と操舵力を失って、這うような速力になった。

旗艦の後方についていた「ポートランド」は右舷の敵と交戦し、8インチ砲塔から着実に斉射を送っていた。キャラハン提督の異常な命令が伝わると、ローレンス・T．デュボース艦長は自分の耳を疑って、「何がどうなってるんだ?」と聞き返した。命令に間違いがないとの返答を聞いていったん射撃を中止したものの、別の目標を発見し、確かに敵であるとわかると、すぐさま再び火ぶたを切った。ところが射撃を再開した途端に後部に魚雷1本が命中し、船体の右舷外板がめくりあがり、これが舵を右に切ったままと同じ働きをして、艦を意図せずに右に回頭させることとなった。ぐるりと一回り円を描いたところで、「ポートランド」は日本戦艦の1隻に手痛い1斉射を見舞いはしたが、そのままなす術もなく旋回を続けるしかなかった。

ギルバート・C.フーヴァー艦長の「ヘレナ」は、前方の各艦が砲撃を開始するのとともに乱戦に加わり、左舷に見える探照灯目がけて射ちまくった。日本の戦艦が縦隊の前方を横切っていき、「カッシング」と「ラフェイ」「アトランタ」「サンフランシスコ」が火を吹く障害物となってその場に残されていたが、フーヴァー艦長は用心深く避けながら、前進を続けた。旗艦を左舷からたたきのめしていた日本艦には砲塔の6インチ砲で痛打を与え、5インチ高角砲と40㎜機関砲で右舷の別の二つの目標を掃射した。戦闘は激しいものだったにもかかわらず、「ヘレナ」は上部構造物に軽微な損傷を受けただけであった。

しかし「ジュノー」はそうはいかなかった。ライマン・K.スウェンソン艦長は、敵の探照灯の光を発見するや、直ちに多数の5インチ砲で射撃を開始したが、それ以外の目標はまるで見つからなかった。キャラハン提督の命令を受けて、スウェンソン艦長が「射ち方止め」を命じてから間もなく、日本軍の魚雷1本をど真ん中にくらい、艦はまったく戦闘不能となった。「ジュノー」は全動力を奪われ、そのまま動かなくなってしまった。

トビン大佐の旗艦「アーロン・ウォード」にはSGレーダーがなく、前方で繰り広げられる混戦の中から、注意して目標を見分けなければならなかった。やっと右舷艦首方向7000ヤードに目標を発見、オーヴィル・F.グレガー艦長は間違いなく敵と見定め、5インチ砲で10斉射を放ったが、味方の巡洋艦に射線を塞がれてしまった。「ポートランド」は右回りに円を描いており、「ジュノー」はうちのめされ、さらに思いがけないことに「サンフランシスコ」までが視界の中にさ迷いこんできた。グレガー艦長は前方の、おそらく「ヘレナ」と思しき艦に衝突しないよう、やむを得ず後進をかけた。折り重なるように密集した艦の間を抜けたところで、「アーロン・ウォード」は右舷から信号灯で見慣れない識別信号を送っている艦と射ち合うこととなり、相手が爆発して沈没するのが見えるまで砲撃を続けた。この交戦で主砲射撃指揮装置に命中弾を受け、5インチ砲の射撃は砲側照準に切り替えなければならなかった。

「バートン」は前方の各艦にならって戦闘に加わり、左舷側にいた日本艦に魚雷4本を放っていた。しかし「アーロン・ウォード」が後進すると、艦長ダグラス・H.フォックス少佐は衝突を避けるために〝非常〟後進し、ほとんど行き足が止まったところを中央部に魚雷2本をくらい、真っ二つになって沈没、乗員の大部分を道連れにした。

「モンセン」はこの日の午後の空襲で射撃指揮レーダーを失っており、他の艦以上に夜目の効かない状態にあった。やっとのことで右舷艦首方向に日本戦艦1隻を視認、魚雷5本を扇状に発射した。次いで右舷真横に別の目標を見つけて、残りの魚雷5本全部を射ち出した。さらに左舷にも目標を発見し、射撃を開始、1000ヤードもないところを高速で通過していく日本駆逐艦も20㎜機関砲で掃射した。星弾で照らし出されると、艦長のチャールズ・E．マッコーム少佐は戦闘灯火を点灯するよう命じた。しかしこれが2方向から探照灯の光線を呼び、砲弾の雨が浴びせられた。37発の命中弾で艦は燃える残骸と化してしまった。

13隻の縦列の最後尾にいた「フレッチャー」は、新型の2100トン級駆逐艦の1番艦で、ウィリアム・M．コール中佐を艦長とし、SGレーダーを備え、乗員もその使い方を心得ていた。まず最初に、「アトランタ」を照らしていた敵艦を相手に左舷5500ヤードの距離で射撃を開始した。他の艦がこの敵の面倒をたっぷりと見ているのを知ると、コール中佐はより遠方の目標に照準を移し、これを炎上させた。キャラハン提督の射ち方止めの命令により、一度は射撃を中止したが、すぐに左舷側さらに遠くの日本艦に対して砲撃を再開した。SGレーダーのPPI表示装置（後述）によって、隊形が四分五裂になっているのは見て取れ、しかも「バートン」が爆発し、「モンセン」も炎上したことで、コール艦長はいったん離れようと決心した。速力35ノットで左に90度転舵し、ガダルカナル島の海岸線と平行に進んで、敵の側面に回りこもうとした。砲戦が下火になっていくと、レーダー・スクリーンに映る一番大きな光点《ブリップ》に目標を定めた。この日本艦は東寄りの針路を取って、なおも北方の艦に砲撃していた。コール中佐は敵の動きを慎重に数分間追ったうえで、射距離7000ヤードで魚雷10本を一斉に発射した。それが済むとシーラーク海峡へと東に向かい、さらなる命令を待つこととしたが、キャラハン提督の不可思議な射撃中止の命令が下されて以来、何か指令があったという様子はまったく見られなかった。

夜が明けると、フーヴァー艦長の「ヘレナ」は、大破した「サンフランシスコ」と「ジュノー」「ステレット」を「フレッチャー」と「オバノン」に護衛させて、インディスペンサブル海峡を南東に下っていった。「ポートランド」は余計な〝舵〟の効果を打ち消そうと、さまざまな手段を講じてみたにもかかわらず、なおも円を描いていた。「アトランタ」はルンガ岬沖の水深の深いところに投錨し、「カッシング」と「モンセン」はじっと動かないまま、まだ燃えており、戦闘の終わり間近に9発の砲弾を受けて機関室に浸水した「アーロン・ウォード」は、ツラギまで半分ほど行ったあたりの海面に、沈みかけの状態でなす術もなく浮いていた。

「ポートランド」は、遺棄された日本駆逐艦「夕立」の残骸を数斉射で海底に送り込んだ。日本の戦艦「比叡」は、大口径と小口径の数えきれないほどの命中弾を受けて打ちのめされ、操舵装置と砲の大部分を失い、サヴォ島のすぐ北を這い進んでいた。しかしまもなくヘンダーソン飛行場からの海兵隊機と、接近しつつある空母「エンタープライズ」が送り出したSBDドーントレス急降下爆撃機とTBFアヴェンジャー雷撃機がそれに加わって、始末をつけ始めた。「比叡」は放棄され、真夜中前に沈没した。「アーロン・ウォード」は比較的安全なツラギまで曳航されていった。「アトランタ」は手の施しようがないほど損傷しており、自沈させなければならず、「カッシング」と「モンセン」は1日中燃え盛った末に沈んでいった。さらに13日の金曜日の不運の仕上げとなったのは、エスピリッツに向かう残存艦の集団の真ん中にいた「ジュノー」に日本潜水艦からの魚雷が突き刺さり、途方もない大爆発とともに消し飛んでしまったことであった。

３回目のサヴォ島海戦のスコアは、日本側の損失が戦艦１隻と駆逐艦２隻の沈没確実であるのに対し、アメリカ側が失ったのは防空軽巡洋艦２隻と駆逐艦４隻というものであった。その他の日本艦も損傷を被ったはずだが、アメリカ側も「サンフランシスコ」の損傷は極めて重く、「ポートランド」の被害はその後数カ月間は戦線に戻れないほどであった。「ステレット」と「アーロン・ウォード」も当分は戦闘不能となるはずであった。ヘンダーソン飛行場を目指す日本軍の前進は阻止されたが、キャラハン、スコット両提督と約１０００名の将兵は、そのために命を差し出すこととなったのである。

この海戦においてアメリカ部隊の指揮が完全に破綻してしまったことは、ライト少将にとってはひとつの謎であった。ダン・キャラハン少将は戦艦や巡洋艦の勤務を重ねた、優秀で頭の切れる士官であった。重巡「ポートランド」の副長やルーズヴェルト大統領の海軍補佐官、重巡「ニューオーリンズ」の艦長を務め、海戦の１カ月前までは南太平洋方面司令官ゴームリー提督の参謀長であった。この戦いにうってつけの人物はダン以外には考えられなかったが、それなのにこの海戦では戦術というものが根本的に欠落していた。各艦の配列は一応筋の通ったもので、とくに駆逐艦の２グループを別動隊として分離し、自分は中央の巡洋艦を率いて戦うつもりだったのであれば、わからないでもないが、あのような長い隊列をそのまま敵部隊の真ん中に突っ込ませるというのは、まるで意味がなかった。

キャラハン提督が日本の砲撃部隊迎撃の任務とそのための艦隊を与えられたのはわずか半日前で、部隊を編成する時間がなかった点には、ライト少将も同情できた。しかしあの海戦でのキャラハン提督の貢献は、最初に敵との接触が起こった後に部隊を敵に向かわせて、結局果たせなかったものの、敵を阻止する位置につこうと北に転進したこと以外に何もなかった。レーダーを装備した艦に視程外での交戦の許可をなかなか与えず、そのために奇襲の利をみすみす犠牲にし、砲戦が始まってからもアメリカ艦が同士討ちするのを防ごうと、もはや手遅れなのに混乱を招く命令を下して戦闘を中断させていた。キャラハン提督は敵味方20隻あまりが入り乱れる混戦の中で、部隊の指揮を徹底しようと試みたのである。しかしＰＰＩ方式の優秀な水上捜索レーダーでもない限り、それはとてもかなわないことであった。

この先例はライト少将が戦闘中にどこに身を置くべきかという問題を浮かび上がらせることとなった。旗艦艦橋にいれば外界が見えるが、目の前の2番砲塔の爆風をもろに浴びてしまう。装甲された司令塔に入っても潜望鏡があるのだが、戦況を図示するプロットの装備がない。司令塔の外の旗艦プロット室には通信や航法、プロットや記録など必要な装備は全部揃っているが、装甲防御がまるでない。あるいはＳＧレーダー室の前にあるレーダー・プロット室にいれば、レーダー画像をそのまま見られるが、指揮施設がなく、実際に起こっていることを自分の目で見ることもできない。艦が被弾して電力が失われれば、何もわからなくなってしまう。

キャラハン部隊は戦艦「比叡」と「霧島」の巨砲を防いでヘンダーソン飛行場を守ったものの、11月14日の深夜には日本の重巡2隻と護衛部隊が飛行場に対して30分間にわたる激しい艦砲射撃を見舞い、18機を破壊、その倍の数の航空機を損傷させた。しかし飛行場を使用不能にすることには失敗し、それがアメリカ軍に幸いして、14日には航空機乗員たちが目覚ましい働きを見せることとなった。ヘンダーソン飛行場とエンタープライズから発進した急降下爆撃機と雷撃機が、砲撃部隊を分遣した日本軍の本隊を発見したことが激戦の始まりであった。数回におよぶ攻撃で、アメリカ機は重巡「衣笠」を撃沈し、重巡「鳥海」と「摩耶」および軽巡「五十鈴」と駆逐艦「満潮」を撃破した。残存艦を追って西進したところで、空母「飛鷹」から発進した戦闘機の防御にぶつかり、激しい空中戦が展開され、その間に生き残った日本艦はショートランド島へと逃走していった。戦略的にそれ以上に重要だったのは、輸送船11隻と護衛の駆逐艦12隻からなる部隊が、ニュージョージア島北方の水道をガダルカナルに向かってほぼ半ばまで南下してきているのが発見されたことであった。これこそ日本軍の〝増援部隊〟であり、アメリカ軍としてはこれの阻止が最優先となった。使える航空機は全機投入され、たっぷり貨物を積み込んだ輸送船のうち7隻までが日没までに海底に消えた。残る4隻もすべて損傷を受けながらも南東への航行を続け、夜陰に乗じてタサファロンガ岬付近に自ら座礁し、ガダルカナルで死活的に必要な兵員と資材を陸揚げするために船を犠牲にしたのだった。日本軍の増援をくい止めたのは、ヘンダーソン飛行場の夜間砲撃を生き延びた航空機と、それと協同した〝ビッグE〟からの機であった。またエスピリツからのB‐17爆撃機の1小隊も、日本軍が必死に待ち望んだ兵員や装備の破壊に手を貸した。

しかし日本軍はこれでやめにするつもりはさらさらなく、また新たな砲撃部隊を組んで南へと出撃させた。艦砲射撃を行なうのは戦艦「霧島」と随伴の重巡「愛宕」と「高雄」、それに2隻の軽巡と1個駆逐戦隊による警戒幕がつけられた。しかしこの日本部隊はソロモン諸島北方海域を哨戒中の潜水艦「トラウト」に視認され、迎撃のためにリー提督の戦艦「ワシントン」と「サウス・ダコタ」、および駆逐艦「ウォーク」「ベンハム」「プレストン」「グウィン」が待機位置から急行することとなった。

リー少将はライト提督よりも4年先任、キンケイド提督よりも若干先任で、砲術の専門家とみなされており、新型のレーダーについても海軍のどの上級士官よりも精通し、慣れていた。2隻の新鋭戦艦の兵装の力のほどについても充分に理解していたが、それもそのはず、戦艦の巨砲を使いこなすことに海軍人生を注ぎ込んできたのである。「ワシントン」と「サウス・ダコタ」はともに41000トン、従来の戦艦が21ノットであったのに対して30ノットの速力を出すことができ、それぞれ16インチ3連装砲塔3基合計9門、5インチ連装砲塔10基20門、40㎜機関砲は4連装など10基以上を備え、数え切れないほどの20mm機関砲も装備していた。この2隻こそ洋上に浮かぶ戦闘機械としては最精鋭であることが、リー少将にはわかっていた。

リー提督は2隻の戦艦が離れないように緩い縦列を組ませ、4隻の駆逐艦を前方5000ヤードに配置し、敵と接触した場合にはさらなる命令を待つ事なく交戦せよとも指示を与えておいた。11月14日の夜2100時ごろ、リー提督の縦隊はサヴォ島の西10海里にあり、日本の砲撃部隊を警戒しながら北へと航行していた。2120時、東に針路を転じ、2148時には縦隊を南東に向かわせ、サヴォ島の東側を通過した。アイアンボトム・サウンド、いわゆる〝鉄底海峡〟をうかがう日本艦隊の姿はなく、リー少将は2252時に部隊を真西に向けた。8分後、「ワシントン」が15ノットの速力で新しい針路についたところで、SGレーダーのスクリーンは北方18000ヤード、サヴォ島のすぐ東に光点を捕らえた。目標の捕捉を新型のMk8主砲射撃指揮レーダーに移すと、目標を中心とする一辺1000ヤードの正方形の範囲が、距離と方位がはっきりわかる形で見事に映し出され、二つの目標を選び出し、その動きを注意深く追跡した。2317時、「ワシントン」は右舷ほとんど真横、13000ヤードの距離で射撃を開始した。斉射は目標を挟叉したが、命中はしなかった、2隻の日本艦は速力を上げて北に向かい、煙幕を張りながら去っていった。

「ワシントン」が火ぶたを切ってから5分後、4隻の駆逐艦の先頭「ウォーク」は戦艦の5000ヤード前方を針路300度で進んでいたが、日本駆逐艦2隻がサヴォ島の左側を回ってくるのを探知し、距離14000ヤードで砲撃を始めた。「プレストン」と「ベンハム」も「ウォーク」に続いて交戦に入ったが、主砲で目標上空に星弾を射ち上げた「グウィン」は「ワシントン」から砲撃されることとなった。日本艦も積極的に応射し、すぐに「プレストン」は痛打を受けて、上部構造物に火災を生じた。日本艦の第2グループも最初のものに続いており、燃える「プレストン」の炎に照準を合わせ、傷ついた駆逐艦に射撃を集中した。たちまちのうちに「プレストン」は敵弾で前後の缶室をやられ、後部煙突も跡形なく吹き飛ばされ、停止してしまった。次の斉射は後部にたたき込まれ、上部には火災が広り、艦内に浸水を引き起こした。船体は急速に右に大きく傾き、今にも転覆しそうになっているのを感じた艦長マックス・C.ストームズ中佐は「総員退去」を命じた。乗組員が舷側から飛び込み始めた矢先に、艦はゆっくりと裏返しになり、艦尾から沈んでいった。乗員の半数は、ストームズ艦長も含め、艦と運命を共にしたのだった。

駆逐艦列の先頭にいた「ウォーク」は、向かってくる日本艦に一番近い位置にあり、戦闘開始早々から何発も命中弾を受けていた。「プレストン」が炎上した数分後には、中央部に大口径砲の斉射を浴び、それとほとんど同時に艦橋の直前に魚雷1本が命中した。5インチ2番砲塔は爆発で空中高く放り上げられ、船体も真っ二つになった。「ウォーク」は全体を炎に包まれたまま、海面に動かなくなり、沈み始めた。艦長のトーマス・E.フレイザー中佐は乗員を無事に逃れさせようとしたが、救命筏はたった2基しか放つことができず、生存者の大部分は真っ黒な重油の中を泳がなければならなかった。「ウォーク」は10分もしないうちに沈没し、積んでいた爆雷が爆発してフレイザー艦長以下75名が命を失うこととなった。

「プレストン」のストームズ艦長が最後の命令を下した1分後、ジョン・B.フェローズJr.少佐の「グウィン」にも機関室に1発、さらに後方に1発の敵弾が命中した。「グウィン」が必死になって機関を動かし続け、沈み行く「プレストン」を回避するため運動していると、ジョン・B.テイラー少佐の「ベンハム」にも魚雷1本が命中し、艦首がばっくりと引き裂かれるのが目に入った。「グウィン」はよろめきながら前進し、戦闘を続けようとしたが、前部に浸水が始まり、速力を5ノットに落とさざるをえなくなった。沈没した「ウォーク」の爆雷が爆発したのは、ちょうど「ベンハム」が残骸の間を通過した時で、海面にいた生存者の多くの命を奪い、「ベンハム」にもさらに損傷が加わった。「ベンハム」は戦闘続行が不可能となり、南に転じて離脱した。「グウィン」は前部の砲でなおも戦いながらのろのろと前進を続けたが、「サウス・ダコタ」が砲声を轟かせつつ後方からやってくると、生き残りの日本艦は射程外へ遠ざかっていった。

戦艦「ワシントン」は6回の斉射でサヴォ島の東側にいた敵艦を撃退し、艦長グレン・B.デイヴィス大佐は前方の駆逐艦の戦いに目を向けたが、味方を同士討ちするのを恐れて慎重に目標を選定しなければならなかった。SGレーダーはサヴォ島の西にさらなる日本艦の一団を探知、プロットから南西に向かっていることが見て取れた。リー少将は「ワシントン」を左に転じさせ、味方駆逐艦から離れるとともに敵の頭を押さえる針路を取った。レーダーには5隻の縦列を組んだ敵艦のうち、後方の3つの光点が大きく映っていた。最後尾の一番大きい点が、情報に示されていた戦艦であるらしかった。しかし運の悪いことに、「サウス・ダコタ」が「ワシントン」のSGレーダーの死角にあたる艦尾方向を航行していたため、デイヴィス艦長としては交戦に入る前に「サウス・ダコタ」の居場所を確かめておく必要が生じていた。

トーマス・L・ギャッチ大佐を艦長とする「サウス・ダコタ」は、このとき「ワシントン」の後方わずかに右舷寄りを走っていたが、駆逐艦部隊の戦闘が激化しつつあったころに、艦内電力に故障を生じ、戦術無線も捜索レーダーもすべて使えなくなってしまった。故障は5分以内に復旧したものの、リー少将が針路を変えたのを知ることができず、戦闘の状況も一時的にわからなくなった。ギャッチ艦長は右舷真横の日本軽巡と交戦しながら、右に転じて駆逐艦を追い越し、邪魔のなくなったところで当初の針路300度に戻した。「サウス・ダコタ」の後部砲塔が次第に真後ろ近くに向いていったため、主砲発射の炎で艦尾右舷カタパルト上の水上機に火がついた。燃え上がった機体は後の斉射で舷外に吹き飛ばされたが、日本部隊の大部分は、数分間にわたってその炎を目印に照準をつけることができた。しかも「ウォーク」と「プレストン」の火炎を背にしたことでも、「サウス・ダコタ」は艦影を浮かび上がらせてしまい、識別されることとなったのだった。

2隻の戦艦はたたきのめされた駆逐艦を通り過ぎると、ただちにサヴォ島西にいる敵主力の隊列に射撃を集中できるようになった。日本部隊は西寄りに針路を変え、リー部隊と並行していたのである。わずか数分で日本艦は敵を求めて再び反転し、今や目標を確定した「ワシントン」は日本の戦艦に向けて全主砲の斉射を開始した。一方「サウス・ダコタ」は探照灯のビームに捕らえられ、大口径弾数発の命中を受け、その1発によって3番砲塔の旋回ができなくなってしまった。両戦艦は16インチ主砲塔と多数の5インチ両用砲で猛烈な砲火を浴びせた。敵艦数隻が炎上し、隊列最後尾の、今でははっきりと戦艦「霧島」と識別された艦は痛撃を受けていた。

二手の日本駆逐艦が「サウス・ダコタ」に立て続けに雷撃をかけてきたが、ギャッチ艦長はぎりぎりのところで艦を回し、1本も命中しなかった。しかし砲弾による上部構造の損傷は次第に深刻なものとなりつつあった。射撃指揮所の多くは使用不能となり、射撃レーダーでなおも使えるものはたったひとつ、しかも旗艦との無線通信はまだ切れたままだった。日本部隊が引き返していくと、ライト少将と同期で親友でもあるギャッチ大佐は、南に転じて離脱することとした。

まだ無傷の「ワシントン」艦上のリー少将は、25ノットで西進を続けつつ、右舷真横15000ヤードを平行する日本部隊に打撃を与えていた。炎上した「霧島」は戦闘から落伍し、後方に消えつつあった。深夜0時20分、「ワシントン」が最初に射撃を開始してから1時間をわずかに過ぎたころ、リー提督はデイヴィス艦長に、右に転じてもっと北寄りの針路とし、間合いを詰めるよう命じた。長距離砲戦はさらに10分間続き、距離が10000ヤードまで縮まった時、日本の大型艦はもうこれでたくさんだと感じたのか、煙幕を展帳しながら離れていった。ほぼ同時に北から日本駆逐艦2隻が現れたので、「ワシントン」は反転し、新たな脅威からジグザグ航行で遠ざかった。リー提督は南東に針路を取り、ラッセル島の陰に入るとともに、もし敵が追撃してきても動けなくなった味方艦に近づけないようにした。火災を鎮火させ、浸水も抑えた「グウィン」は「ベンハム」に付き添って南に向かっていたが、それも甲斐のないこととなった。「ベンハム」は午後には放棄の止むなきに至り、テイラー艦長と乗員を退去させた後、「グウィン」は4本の魚雷を発射したが失敗し、結局砲撃で沈めたのだった。「ワシントン」と「サウス・ダコタ」は0900時に予め決めておいた会合点で落ち合い、ともにヌーメアへと帰投していった。

〝チング〟・リー少将は確かに、それまでのアメリカ部隊の指揮官よりは巧妙に戦闘を切り回したといえるが、戦果は明確になっていなかった。アメリカ側では駆逐艦3隻が失われ、もう1隻も大破していた。「サウス・ダコタ」は40発以上の大口径砲弾を受け、多くの乗員を失った。日本軍が「霧島」と駆逐艦1隻を失ったのは確実で、戦艦と一緒の隊列にいた重巡2隻にも大きな損害を与えたのはほぼ間違いなく、おそらく護衛の駆逐艦の多くと軽巡も損傷しているはずであった。

そして今度はライト少将の出番である。アイアンボトム海峡に進むにあたっては、なにより警戒を怠らず、備えを固めておくつもりであった。すでに艦上機は厄介払いしてあった。最初に部隊が12時間警戒態勢に入った昨日のうちに、第67任務部隊の次席指揮官マーロン・S.ティズデール少将や全艦の艦長との打ち合わせも済ませてあり、戦闘前の各員の存念を聞き、なにか疑問点があればそれも解消しておいた。至急の通信と戦術命令以外にはＴＢＳの使用は控えることにしようという提案には、全艦長一致で合意していた。４隻の駆逐艦を前方に配置し、早いうちに隊列から切り離して雷撃を行なわせるという計画も話しておいた。巡洋艦は敵から１００００ヤードの距離に保ち、回頭信号で艦隊運動を行なうつもりであることも説明した。さらに敵の６０００ヤード以内になったら射撃を開始する許可も全艦長に与えておいた。射撃開始を命じる時には本気で命じているのだということもはっきりと念押しした。

すでに過去の戦闘に関するすべての点を見直し、戦闘中のすべての錯誤を洗い出した今となっては、自分の戦闘計画が可能な限り首尾一貫し、指示が明確であることに万全を期すばかりであった。ライト少将は椅子を回し、フットレストから足を離して、提督席という王座から降り立ち、幕僚が最後の準備に忙しい旗艦プロット室へのドアを通って行った。何か新しい情報がないか、通信文に目を通す必要があったのだ。

2 The Plan
第2章 作戦計画

トーマス・C.キンケイド少将はミッドウェイ海戦の後、レイモンド・A.スプルーアンス少将と交替して第5巡洋艦戦隊司令（ComCruDiv5）の任につき、ソロモン諸島進攻作戦とその後の激戦を通じて、空母「エンタープライズ」を中心とする第16任務部隊の指揮を執ってきた。「エンタープライズ」はスチュワート島とサンタ・クルズの海戦で大きな損傷を被っていたが、戦闘海域に残るアメリカ空母はこれただ1隻であった。しかも開戦当初から戦い続け、全面的なオーバーホールの必要にも迫られていた。当然ながらハルゼー提督は残る唯一の空母任務部隊までも投入することには躊躇し、11月半ばの惨劇でキャラハンとスコットの両提督がいなくなってしまうと、その後任の巡洋艦部隊指揮官としてキンケイド提督を前線へと送り出したのだった。キンケイド少将が重巡「ノーサンプトン」に将旗を掲げてエスピリッツに到着して、新たに作られた第67任務部隊の司令となったのは11月24日のことで、すぐさま来るべき戦闘に備えて兵力編成の仕事に取りかかった。指揮下には重巡4隻と軽巡2隻、駆逐艦8隻があり、しかも切れ者の二人、ライト少将とティズデール少将が副司令についていた。

部下の艦長たちの来る戦いへの指針となる作戦計画No.1-42は27日には仕上がり、配布された。6隻の巡洋艦は二つの任務隊に分かれ、それぞれを少将が指揮し、少なくとも1隻のSGレーダー装備艦を含むこととされた。駆逐艦が集まったら、それも同様に配分する計画であった。

ライト少将はキンケイド司令とともに作戦計画の策定にあたり、細部にいたるまで熟知していた。計画配布の翌日、キンケイド司令には海軍作戦部長キング大将からの緊急指令が届き、すぐさま第67任務部隊の指揮はライト少将に委ねられることとなった。翌日、情報部は日本軍の再増援行動が間近に迫っていることを伝え、第67任務部隊は南太平洋方面司令官（COMSOPAC）の命により、12時間警戒態勢に置かれた。ライト提督は念の入った書類仕事をしている時間がなかったので、キンケイド司令の作戦計画に赤鉛筆で印をつけて実際に手元にある艦を示すだけにして、作戦会議の場で部下の艦長たちに配った。少将2人に5隻の巡洋艦があったことから、キンケイド司令自身の任務隊に入るはずだった1隻を、別の任務隊の方に配置換えした。巡洋艦を二手に分けることとなるのだったら、ライト少将は重巡「ミネアポリス」と「ニューオーリンズ」、「ペンサコラ」を自分の任務隊とし、ティズデール少将が軽巡「ホノルル」と重巡「ノーサンプトン」を指揮下に置くつもりであった。駆逐艦が4隻しかなく、准将もいなかったため、全艦ともに先任艦長である「フレッチャー」のW.M.コール中佐が率いることとされたが、ライト少将はコール中佐については信頼していた——キャラハン、スコット両提督が失われた、あの悲劇の夜戦においてもコール中佐は艦を見事に操ったのである。

29日1940時、南太平洋方面司令官からの至急通信で、日本軍の駆逐艦8隻と輸送船6隻が30日の夜間にガダルカナル島に到着するものと見込まれるため、出撃可能な全艦をもってこれを迎撃せよとの指令が与えられた。2240時、出港命令が下り、部隊はガダルカナル北岸のレンゴ海峡を抜け、ルンガ岬とエスペランス岬の中間にあたるタサファロンガの沖合に翌日夜2300時に到着するものとされた。駆逐艦は30分以内に出港し、巡洋艦も駆逐艦が港外に出次第、それに続いていった。エスピリッツ・サントのセゴンド海峡は狭いうえに標識もなく、入り口は濃密な機雷原に守られ、その間の細い航路を縫うように進むのは、白昼でも容易ではなかった。有り難いことに、当直の先任海上士官が灯火をつけたボートを先行させ、危険のある転向点の目印としてくれたおかげで、全艦無事に出港することができた。0300時には第67任務部隊はニューヘブリデス諸島を離れ、27ノットの速力で針路315度をソロモン諸島へと進んでいた。

キンケイド提督の作戦計画に従い、複葉単フロートの水上観測機、カーチスSOCシーガルは夜明けに各巡洋艦から2機が発進し、安全なセゴンド海峡へ戻っていった。各艦には2機ずつ残っていたが、それも午後遅くにはカタパルトで射出され、ツラギへと先回りすることになっていた。キンケイド提督がパイロットに与えた一般指示に、ライト少将は若干を付け加えていた。ツラギに進出した水上機10機は、この夜2200時に離水し、5機ずつ2個編隊に分かれて飛行する。第1編隊はサヴォ島周辺で敵艦船の捜索を行ない、接触あり次第報告する。第2編隊はエスペランス岬からタサファロンガにかけてのガダルカナル島沿岸を捜索、エスペランス岬に戻り別命を待つ。各機は大光量照明弾4発を搭載するが、第67任務部隊司令の特別の命令があった場合にのみ投下する。照明弾を投下してガダルカナル島海岸線を照明せよとの命令が下った場合には、少なくとも1海里内陸側に投下する。巡洋艦の艦載機は敵の捜索や監視には非常に有用であった。着弾点の観測も、艦上のいかなる観測手よりもはるかに効果的に行なうことができるが、戦闘時に艦上に置いたままだと火災の原因になる危険があり、照明弾の投下場所を誤れば、敵を助け、味方の視力を奪うことともなる。

キンケイド少将の作戦計画のうちで最も重要な部分は、補足としてつけられていた夜間戦闘に関する指示であった。そのためライト少将が旗艦プロット室に入ってまず最初に行なったのは、幕僚とともにその一言一句を読み直すことであった。それには次のように書かれていた。

夜間戦闘

1　巡洋艦は1000ヤードの間隔でおおよその針路方向に対して通常の針路を取って縦列を編成する。駆逐艦は巡洋艦列の4000ヤード前方、交戦側30度に位置を取る。

2　最初の接触はレーダーにより行なう。早期に敵の情報を得るため、1隻ないしそれ以上の警戒駆逐艦を接触の予想される方向10000ヤードに配置する。配置についた駆逐艦には、艦隊針路から特定の真方位に占位し警戒することが追って命じられる。接敵運動はレーダーによる追尾に基づき、TBSを通して指示される。巡洋艦の射撃開始後の運動は、すべてTBSおよび副警報ネットワークを通じて指示される。

3　駆逐艦が隊形を組み、攻撃する指示はできるかぎり早期に与える。奇襲の利を最大限に活用するため、駆逐艦の魚雷攻撃は早期のうちに命令されるものとする。駆逐艦にはあらゆるレーダー機能の利用を認め、攻撃も可能な限りレーダー情報に基づいて行なう。レーダー追尾による結果は、装備駆逐艦艦長がTBSを通じて連絡する。駆逐艦は急速に離脱し、誤認の生じる可能性を最小にするべく努めて行動する。IFF（敵味方識別装置）装備艦は、夜間戦闘に入る前に余裕をもって装置の作動を確認し、とくに駆逐艦が巡洋艦から分離する際には入念な確認を行なう。魚雷攻撃の終了および巡洋艦の戦闘開始とともに、駆逐艦は巡洋艦が交戦中の敵巡洋艦もしくは駆逐艦に対して戦闘を行ない、指示があれば星弾での照明を準備する。

4　実行可能であれば、駆逐艦の攻撃が終了するまで距離は12000ヤード以上を保つ。射撃開始の指示は距離10000～12000ヤードの中間で与えられる。射撃開始は射撃指揮レーダーを用いて行ない、火力の配分は使用するレーダー機材により決定できる範囲で、通常どおりに行なう。艦上機の照明弾によって敵部隊を背後から照明することが予定されている。目視照準も可能となり次第用いるものとする。射撃指揮レーダーによる射撃が保てず、目視照準も不可能であれば、各艦は星弾での照明を行なうことも可とする。探照灯は使用しない。各艦はレーダーによる目標選定に備えること。

5　通常の戦闘においては、距離は旋回運動によって維持する。戦闘終了時には針路を反転し、敵の損傷艦を撃沈することもありうる。反転運動においては、各艦の間隔は旋回運動によって調整し、縦列先頭の運動は30度を越えないものとする。射撃最小距離は戦術状況により、あるいは戦闘の初期に優勢を得るかによって変化するが、おおむね6000ヤードを下回らないものとする。

６　夜間戦闘灯は味方艦からの攻撃を受けた場合にのみ使用を認め、識別を確実なものとするに必要な最短時間のみ使用することとする。

０６３０時、ライト少将は指揮下の各艦長あてに通信を送り、できるかぎり正確な状況の推定を伝えた。

「情報による敵兵力推定は駆逐艦８、輸送船６。おそらく本夜２３００時タサファロンガ地域に上陸を試みるものと思われる。レンゴ海峡を前進し、敵の撃滅を期す」

さらに０８４０時に続報を送った。

「現在のところ駆逐艦はレンゴ海峡進入前に針路前程２海里に集合の予定。海峡通過より接敵まで駆逐艦は基準より真方位３００距離２海里。巡洋艦隊列は針路３２０。沿岸６海里を通過するべく旋回信号により運動。距離約１２０００ヤードにて直接砲撃開始を予期すべし。魚雷攻撃終了まで砲撃待機はおそらく状況が許さず。６０００ヤード以内に敵を認む艦は射撃開始を許可す」

航空偵察や沿岸監視員、それに無線傍受による情報は終日間断なく流れ込み、ヌーメアの南太平洋方面司令官を中継して送られていたが、近づきつつある敵部隊の正確な構成はまったく見えてこなかった。〝カクタス〟ことガダルカナル島での激闘を支えるため、日本軍は何としても兵員と物資の補給を必要としていた。孤立した部隊に増援を届けようとする日本軍の試みは壮烈なもので、その過程において大きな損害を被ることとなった。この日も駆逐艦の群れや、ときおり単独の巡洋艦も視認されていたが、直接ガダルカナルに向かうものは皆無だった。

輸送船や貨物船はどこにいる？　陸上部隊が必要とし、駆逐艦では運べないもの――戦車や重火器、大量の弾薬はいずれも重量物である。日本軍がガダルカナルを確保しようとするのであれば、大量の物資が必要なはずだ。それはどこにある？　点々と泊地を設け、死活的に重要な補給物資を積んだ船舶を隠し、夜のうちに島伝いに前進させているのに違いない。第一に迎撃すべき目標はその輸送船である。すでにガダルカナルを巡る戦いは補給の優劣を競う争いとなっていた。陸上のアメリカ軍部隊に届けられる物資は、その1トンごとが戦い抜いた成果であった。補給に関する最新の事件は、第67任務部隊が出撃する前日、揚陸貨物輸送艦「アルチバ」が日本軍の小型潜航艇に雷撃されたことであった。ガダルカナルからの最新の通信によれば、「アルチバ」はまだ燃えているらしかった。

日が傾くにつれて空は暗くなり、もやが出てきた。スコールが間を置いて降り、ときには視界が限られることもあった。1600時ごろには雨が上がり始め、ライト少将はSOC観測機を発進させてしまうことに決めた。この天候の中で飛行経路を見つけ、暗くなる前にツラギに着けるよう、時間が必要だったのである。

それからの2時間、ライト提督は周辺海域、とくにソロモン諸島西部の海図を調べることに費やした。日本軍の指揮官が何をしているのか、想像してみようとしたのである。戦域全体の指揮が、北西400海里にあるビスマーク諸島ニューブリテン島のラバウルで行なわれていることは明白だったが、最近ではブイン～ショートランド周辺に非常に活発な動きがあった。その1カ所に日本軍の飛行場があり、ガダルカナル上空での行動に際しては戦闘機はそこから発進してこなければならなかったのだが、艦船は1隻も認められていなかった。ソロモン戦域に出入りする駆逐艦や巡洋艦、油槽船、補給艦などは毎日視認されていたが、偵察機が上空を通過しても、あるいは長距離爆撃機が爆撃に向かっても、日本艦を捕捉できることは滅多にないようだった。ガダルカナルに対する大々的作戦の間、1000海里北のトラック島からやってくる大型艦との接触はあったが、小型艦艇が日中どこに隠れているのかは謎であった。

1800時ごろ雨は止み、東の軽風が吹き、空には部分的に薄い雲がかかっていた。ライト少将は旗艦プロット室から出て、信号艦橋の左舷ウィングに移った。ちょうど日が沈もうとしており、部隊は今サン・クリストバルを真横に見て、艦の速力27ノットが風となって清々しかった。航海長の報告では、陸地に対する実際の速力は28ノットを越えており、コリ岬の通過も予定どおりだった。もし出撃命令を6時間早く受けていれば、例えば29日の日没前であったら、ガダルカナルとツラギに挟まれた狭隘な海面、アイアンボトム・サウンド（鉄底海峡）内で敵を待つのではなく、ガダルカナル島を南に見ながら通過して、敵がサヴォ島に着く前に迎撃することもできたはずであった。少なくともツラギ海軍部隊司令官は、魚雷艇は夜間は港内に留めておくと無線で知らせてきていた。これで敵を捜し求める際の不確定要素がひとつ消えたことになる。

しかし、ありえたかもしれないことをあれこれ心配しても役にはたたなかった。レンゴ海峡を縫うように進んで、来るべきものを受け止めなくてはならないのである。あらゆる点を考えぬいただろうか？　戦闘灯火信号は緑―止め―白―止め―白にすることを命じていた。航跡灯に遮幕つきのものを用いることも指示しておいた。その他に考えておくべきことはないか？　ライト少将は艦橋ウィングに立って前方のマライタ島を眺めながら、ただ孤独であるだけではなかった。我が身の孤独を感じていたのである。

夜の帳が降りると、左舷艦首方向にガダルカナル島が大きくそびえ立ち、ライト提督は駆逐艦の警戒列を巡洋艦の前方に動かした。２０００時、全艦に戦闘配置を命じた。沈黙が光にとってかわり、夜を徹しての警戒が始まった。

旗艦の重巡「ミネアポリス」の〝セイル・ジョージ〟ことＳＧレーダーが今では闇を見通す目となっていた。旗艦艦橋の2層下に位置するレーダー・プロット室のＳＧ管制コンソールの正面、直径10インチの水平位置表示（ＰＰＩ）スコープ上では、前部マストのＳＧレーダーのアンテナの動きに合わせて、緑色に輝く線が回転していた。スコープは周囲の状況を、まるで観察者が艦の真上から見下ろしているかのごとくに描き出す。真方位に合わせて、つまり普通の地図や海図と同じく画面の上方向が北を指すようにすることも、あるいは艦首方向を上にすることもできた。ＳＧレーダーの電波ビームは非常に細いので、船１隻が幅わずか３度の光点として示され、海面上を光線のビームのようにスキャンする設計となっていた。遠距離に調整すれば７５０００ヤード向こうの目標までも捕らえることができ、近距離では１５０００ヤードまで捕捉できた。スコープの周囲には方位スケールがあり、オペレーターは距離マーカーを光らせてスコープ中心から順に距離サークルを数えていけば良い。しかし距離と方位を正確に測定するには、アンテナの回転をいったん止め、電波ビームで目標を２度スキャンして目標の中心を決め、それから距離ピパーを目標中心に合わせて測定距離と方位を読み取らなければならず、その後でなければアンテナの回転を再開できないのである。距離と方位の測定には毎回数秒を要し、その中断の間はＰＰＩ画像も得られなくなる。一般的に提督や艦長はＳＧレーダーに常時スキャンさせて戦術状況を表示することを望み、逆に砲術士官や水雷士官は精密な目標情報を欲しがる傾向があった。

一方そのころ、輸送船３隻と駆逐艦５隻からなるアメリカの補給部隊が、予想される戦闘の前にアイアンボトム・サウンドを抜け出るよう命令を受け、レンゴ海峡を東に進みつつあり、駆逐艦のうち2隻、フィリップ・H・フィッツジェラルド少佐の「ラムソン」（第9駆逐隊司令座乗）とウィリアム・M・スウィーツァー少佐の「ラードナー」は、レンゴ海峡入り口で第67任務部隊に加わることを南太平洋方面司令官より命じられた。ライト少将の隊列は闇の中、ちょうど海峡の幅が狭まる地点で、出て来ようとしている輸送船グループと遭遇した。全艦船が灯火管制をしながら航行しており、しかも島が非常に近くレーダー探知が困難だったため、識別に疑問が生じる瞬間もあった。また二つの部隊がすれ違う際には、あやうく衝突しそうになることもあった。ライト提督は安全のため速力を20ノットに減じ、さらに15ノットに落とした。

第9駆逐隊司令ローレンス・A・アバークロンビーは2隻の駆逐艦を以て、指示どおりに合流を告げ、ライト提督は巡洋艦の後方につくよう命じた。新着の艦長に作戦計画書を渡す手段は事実上なく、しかもいつ何時接敵するかわからなかった。TBSによる通信は傍受に対して安全であると考えられていたが、無線通信で作戦計画をまるごと伝達するのは無茶であった。かといって発光信号で指示を伝えたのでは、1時間はたっぷりかかってしまう。ライト少将としては時至った場合には、良識と戦術信号に頼るしかなさそうであった。

レンゴ海峡はガダルカナル島と沖合の珊瑚礁の間で幅2海里以下に狭まっており、ライト提督の長い隊列は、その間をかすめるように20ノットで通過し、上部に出ていた乗員にはジャングルの花々の刺激的な匂いが感じられた。陸岸はそれほど近かった。コリ岬が「ミネアポリス」の真横に見え、珊瑚礁を通り抜けたことが確認できると、ライト少将は巡洋艦部隊に右に転じ、はるか左のガダルカナル島の沿岸と右のフロリダ島の海岸線と平行な、針路320度とするよう命じた。前方4000ヤードにいるコール中佐の駆逐艦たちも、平行の針路を取った。外海に出て陸岸から充分に離れたところで、全艦に25海里西方のエスペランス岬にまっすぐ向かう針路２８０度に、同時に転じることを命じた。11隻の艦が斜めに梯陣を組み、敵を求めながら海峡を突き進んでいくのは、暗夜にあってもやはり壮観であった。ライト少将には左舷艦尾方向に連なる各艦の艦首の波がぼんやりと光るのが見えた。双眼鏡で闇を見据え、敵の存在を明かす航跡を探した。情報が正しければ、日本の輸送船団は左舷艦首方向の海岸の沖合に近づきつつあるはずだった。外海側では駆逐艦が警戒にあたっているにちがいない。非常に暗い夜だった。他の艦の姿がどこまで見えるかを調べることで、ライト少将は視程をおよそ2海里――４０００ヤードと判断した。

米海軍少将カールトン　H. ライト（写真右端）。1945 年 10 月 16 日、サンフランシスコで行なわれた第 3 艦隊栄誉儀礼式典にて。左側は W.F. ハルゼー、R.E. インガソル両大将らの高官。
Photo from Naval Historical Center, Washington Navy Yard.

米重巡洋艦「ミネアポリス」（USS Minneapolis CA-36）。1939 年 3 月 29 日、戦闘射撃訓練中を同艦搭載の第 6 巡洋艦偵察飛行隊（VCS-6）所属機から見る。
Photo from National Archives.

米重巡洋艦「ニューオーリンズ」（USS New Orleans CA-32）。
ルンガ沖夜戦の 18 日前に撮影。
Photo from U.S. Naval Institute, James C. Fahey Collection.

米重巡洋艦「ペンサコラ」（USS Pensacola CA-24）。
1942 年 9 月 28 日撮影。
Photo from U.S. Naval Institute, James C. Fahey Collection.

米軽巡洋艦「ホノルル」(USS Honolulu CL-48)。
戦前の撮影でレーダーを装備していない。
Photo from U.S. Naval Institute.

米駆逐艦「フレッチャー」(USS Fletcher DD-445)。
1943年3月26日、ソロモン諸島フロリダ島・パーヴィス湾に停泊中。
Photo from Naval Historical Center.

米駆逐艦「パーキンス」(USS Perkins DD-377)。戦前の状態。
Photo from U.S. Naval Institute.

米駆逐艦「モーリー」(USS Maury DD-401)。1942年10月27日、サンタ・クルーズ沖海戦（日本側呼称・南太平洋海戦）後、戦艦「サウスダコタ」から給油を受けているところ。
Photo from National Archives.

米駆逐艦「モーリー」、1943年2月6日、エスピリツ・サントのセゴンド水道から出撃中。
Official Navy Photo.

米駆逐艦「ドレイトン」(USS Drayton DD-366)。1942年4月14日、メアアイランド海軍工廠にて。
Photo from U.S. Naval Institute, James C. Fahey Collection.

米駆逐艦「ラムソン」(USS Lamson DD-367)。
Photo from U.S. Naval Institute, James C. Fahey Collection.

米駆逐艦「ラードナー」(USS Lardner DD-487)。1942年5月12日、ニュージャージー州カーニーのフェデラル造船（Federal Shipbuilding and Drydock Co.）にて。
Photo from U.S. Naval Institute, James C. Fahey Collection.

3 The Battle 第3章 戦闘

２３０６時、「ミネアポリス」のレーダー・プロット室は、方位２８４度、距離２３０００ヤードのエスペランス岬沖に、二つのレーダー反応があるのを報告した。ライト少将はＴＢＳ無線を通じて全艦に、接触があったことを通告し、一斉回頭で針路を３２０度に戻すよう命じた。これにより部隊は、巡洋艦部隊と前衛駆逐艦部隊の列が、互いに４０００ヤードの距離をとって並んで進むこととなった。そのうち駆逐艦「フレッチャー」と「パーキンス」、それに巡洋艦「ニューオーリンズ」が、それぞれレーダー接触を得て、その数は次第に増えていった。目標群の艦の数は4隻に、さらに6隻へと跳ね上がった。

ライト少将は巡洋艦部隊の針路を３００度としたが、速力は20ノットに保たせた。少将は、旗艦プロット室の大きなテーブルの真ん中に広げられた海図に航海参謀が自らプロットした敵の位置をじっくりと眺めた。敵は一列を組んで、ガダルカナル島の海岸からおよそ2海里の沖合を、海岸線と平行に進んでいる。旗艦付き大尉がプロットを続けている相対位置を見ると、敵は真横、距離7000ヤードに来るところだった。うまい具合だ。すでに距離は急速に縮まりつつあり、20ノットという速力は砲撃には好適だ。レーダーの報告によると、敵は4隻の単縦陣で、ガダルカナルの海岸近くにいる――針路140度、速力16、2隻は2000ヤードほど沖合に出ている。こいつらは輸送船か、それとも駆逐艦の前衛部隊なのか、あるいはその両方？

2316時、「フレッチャー」のコール艦長がTBSで魚雷発射の許可を求めてきた。ライト少将はレーダー・プロットを確かめた――最も近い目標でも、距離はまだ14600ヤードもある。アメリカ海軍のMk15魚雷は、高速駛走ではたった4800ヤードしか走れない。ライト少将は「こちらの目標には距離が過大である」と返答した。そこに重巡「ノーサンプトン」からの通信がTBSに割って入ってきた。タサファロンガ岬から発光信号が送られているという報告である。ライト少将はコール中佐にたずねた。「目標の位置をつかんでいるか？」。「然り《アファーマティヴ》。こちらの距離はよろしい」と応答があった。これは話が合わない。きっとコール中佐は別の目標のことを言っているのだろう。ライト少将はもう一度レーダー・プロットを呼び、画面に何か変化はないか、どれが輸送船かを示すような兆候が何かないか、聞いてみた。プロット室では目標の識別ができていないだろうか――敵影の中に他より大きいものがあるとか？　待つ間に時間は1秒また1秒と過ぎ、いつしか数分が経っていた。レーダー士官の目には、敵に何か動きがあるような気がするが、確信が持てなかった。確かなのは目標が4隻であるということで、レーダー士官は駆逐艦だろうと推測していた。

ライト少将の海軍士官としての本能は、どんな指揮官も大事な輸送船を護衛艦艇より先に進ませるようなことはしない、と告げていた。前衛の駆逐艦群がいるに違いない。距離はまだ12000ヤードもあるが、急速に縮まっている。少将は自分の決断をコール中佐にも伝えることとした。「ボギー（正体不明の目標）は駆逐艦と思われる。こちらでは今4隻になっている」。これ以上待っているわけにはいかない、と考えたライト少将は、ついに命令を送った。「やれ、魚雷を発射せよ」。「フレッチャー」の艦長、コール中佐はこれを後続の駆逐艦各艦に伝えた。少将は再びレーダー・プロット室に確かめた。一番手前の目標との距離は今や10000ヤード、さらに近づきつつある。ライト司令はTBSのハンドマイクを取って、決定的な命令を全艦に下した。「砲戦（ロジャー）用意」。それから、一瞬の間を置いて続けた。「ロジャー実施せよ。本当にロジャーだと言っている！」。

2310時、駆逐艦「フレッチャー」のSGレーダーが、距離11400ヤードに目標を捉らえた。コール艦長は前衛駆逐艦部隊に速力を25ノットに増すよう命じて、操舵室の下にあるレーダー室に入り、自分の目でレーダーのPPI（水平状況表示）画面を見ることにした。そこでは副長のジョセフ・C．ワイリーJr.少佐が指揮を執り、すでに小型のDRTプロッティング・テーブルで目標の追尾が行なわれていた。このテーブルは新鋭の「フレッチャー」級にしかない新装備であった。2分とたたないうちに、敵の編成がはっきりしてきた。数隻が一列になり、1隻だけ離れて、先頭艦の左舷側に並んでいる。ガダルカナル島の1海里半沖合を、海岸と平行に進んでいる。プロットでは針路は150度、速力は15ノットと読めた。敵から遠くなりすぎないように、コール中佐は当直士官に命じて、針路を左に取って290度とし、艦橋の左舷ウィングに出て、双眼鏡で何か見えないか試してみようとした。

コール中佐は長い時間を費やして夜戦について考えてきた。とくに2週間前、重巡「サンフランシスコ」が猛打をくらった夜戦を経験してからは、そればかりが頭にあった。「フレッチャー」でも切り札のSGレーダーを最大限に活用するよう仕込んできたし、綿密な作戦計画を決然と実行することが最良と信じていた。魚雷を使う場合には駛走速力を中速の36ノットに調定して、駛走距離をおよそ6000ヤードとするつもりだと、他の駆逐艦の艦長《スキッパー》たちに会議の席で言い渡してあった。この距離は敵から目視で発見されない程度に遠く、なおかつ中速での魚雷の射程に敵を充分捉えることができる。

レーダー・プロット室に、通常の目標選択規則に則って「フレッチャー」の目標を選ぶように指示を与えてから、コール艦長は左舷側魚雷発射指揮装置の方へ行き、水雷士官がMk27魚雷発射指揮装置を調節して、魚雷5本による最初の半舷斉射の準備をするのを見守った。魚雷の散開角度は1度で、敵の進路に達したときには、各魚雷が100ヤード、つまりほぼ駆逐艦の全長分の間隔になるようにした。それから前方の左舷羅針盤に移り、コンパスの方位盤で真方位を確かめられる場所で、双眼鏡で闇をうかがった。目標進路角の算定数値は、レーダーによる目標方位に従って刻々変わり、それを水雷士官が読み上げる。それが２７０度、つまり完全な真横に近づいていくと、コール中佐はＴＢＳのハンドマイクを取って「質問ウィリアム」を送信、つまり魚雷発射の許可を求めた。この時の目標の距離は約７０００ヤード。ライト司令からの応答が否定的なものだったので、コール中佐は戸惑った。しかし提督には、こちらではわからない状況が見えているのだろう。目標方位が次第に後方へと移っていくのを見守りながら、中佐は待った。絶好の機会が通り過ぎていってしまう！

コール中佐はレーダーで確かめた——ＳＧレーダーは、敵４隻の隊列と、側面に出ていた１隻が後方に下がり、ほとんど隊列中央に並んでいることを示していた。その航跡から針路１４０度、速力15と割り出された。中佐は懸念をつのらせながらも、待つばかりだった。

２３２０時、司令官のライト少将はやっと魚雷発射の許可を与えた。コール中佐の要請から、たっぷり５分後のことだ。中佐はただちに指揮下の駆逐艦に命令を伝えたが、自艦の発射は、Ｍｋ27魚雷指揮装置の算定を確かめるまで控えた。敵隊列の中央は今や左舷真横、距離７３００ヤードに来ており、これでは魚雷が命中するまで８０００ヤード以上駛走しなければならなくなる——中速では遠すぎる距離だ。コール中佐は魚雷の速力を低速——27ノットにすることを命じ、水雷員が調定変更を終えるのを待ってから、命令を下した。「魚雷発射」。１本目の魚雷が左舷斜め後方の海面に飛び込み、残りの魚雷も3秒間隔でそれに続いた。目標に届いてくれ、コール中佐はそう願った。

「フレッチャー」の魚雷の最初の半数斉射が海面を打つか打たないかという時に、ライト少将からの砲撃開始の命令が来た。コール中佐は、敵隊列の2隻目を目標とする、2度目の半数斉射を終えるまで砲撃を控えた。10本の魚雷がすべて無事に駛走しているのを確かめてから、中佐は砲術士官に、敵隊列の右手の目標に射撃を開始するよう命じた。

「フレッチャー」の後方500ヤードに続いていた「パーキンス」は、「フレッチャー」とほとんど同時にレーダーに接触を持ち、敵の針路125度、速力15というプロットを得て、真横5000ヤードに来ていた一番手前の目標、すなわち側面に出ていた敵艦に対して、魚雷8本全部を一斉に発射した。

前衛駆逐艦部隊の3隻目「モーリー」はSGレーダーがなく、目標を見つけられなかったため、艦長のゲルザー・L.シムズ少佐は、もっと良い機会が得られるまで魚雷を温存することにした。

後尾の「ドレイトン」のSGレーダーは、「フレッチャー」が接触を通告するよりもっと前に、5隻の目標を探知していたが、最初のグループより右、距離16000ヤードに別の目標を見つけ、そちらに注意を移していた。数分間追尾してみると、目標の速力はゼロと出た。艦長ジェームズ・E.クーパー少佐はこの接触の信憑性に疑いを持ち、魚雷発射の命令を受信したときも、2本を距離8000ヤードで発射しただけで、残りは後に使うためにとっておいた。

最初の魚雷が水面に飛び込んでから数秒も経ずに、旗艦「ミネアポリス」の3基の巨大な砲搭からの咆哮がひとつになって轟いた。左舷側の羅針盤のそばに立っていた艦長チャールズ・E．ローゼンタール大佐は爆風で危うくなぎ倒されるところで、実際、近くにいた伝声手はヘッドフォンを吹き飛ばされてしまった。主砲発射の閃光は目もくらむばかりで、海面を数百ヤードにわたって明々と照らし出した。目を開けていた者は誰でも、閃光が網膜に焼き付いて、眩しく光るオレンジ色の染みの他には何ひとつ見えなくなった。衝撃の強さは、息も止まるほどだった。砲口から吹き出したかけらに、埃や塵、それに艦のいたるところからはがれ落ちた塗装片が入り混じって、露天部分に降り注いだ。第2斉射が放たれる前に、左舷の5インチ副砲も星弾2斉射を打ち上げて、轟音に声を合わせ、さらに5秒ごとに射撃して砲声を上げ続けた。

後続の「ニューオーリンズ」は1分以内に射撃を開始、「ノーサンプトン」もほとんど同時に射ち始めた。しかし「ペンサコラ」はSGレーダーがなく、目標を見つけるのに2～3分を費やしてしまい、射撃を始めたのは「ミネアポリス」の数分後だった。発射速度の速い6インチ砲15門を持つ軽巡「ホノルル」も、1分後まで適当な目標を捕まえられなかった。

ライト部隊の長い隊列の後尾から2隻目にいた駆逐艦「ラムソン」は、命令を受け取らず、目標も発見していなかったため、巡洋艦部隊が射撃している場所を見て、その着弾の水柱の方向に星弾を打ち上げ始めた。

前方では、「フレッチャー」が敵隊列の最後尾に5インチ砲弾60発を放っていたが、FDレーダーが接触を失ったため、射撃を中止した。左からは星弾が飛び、斜め前方から真横にかけての夜空を、目映い照明弾が染めていた。その数が増すにつれ、不気味な白い光りであたりは昼間のようになっていった。目標付近は煙の壁と砲弾のあげる水柱で覆われ、敵艦の姿はひとつも見えなかった。敵の主群の右には、砲撃のものとも思える閃光が幾つかきらめいた。

「フレッチャー」の後ろ、「パーキンス」は魚雷の目標に対して5インチ砲で50発を発射、艦長ウォルター・C.リード少佐は大きな爆発を目撃、おそらく自艦の魚雷によるものと思われた。しかし目標はたちまちのうちに煙と泡の中に消え、その細部を見分けることはできなかった。レーダーが捉えた敵主力グループのはるか左に砲撃の閃光が見え、それに後方の巡洋艦が射撃を加えるのが認められた。

「モーリー」は「射撃開始」とほぼ同じころにFDレーダーで目標を見つけ、その針路を120度、速力12と算出した。射撃を開始した途端、FDレーダーは大きな火花を上げてショートしてしまい、測的手の算出データだけを頼りに、目標の前後に着弾点をずらしながら、何とか命中するように祈って20回斉射した。煙の中に一瞬、目標が見えたが、すぐにかすんで見えなくなった。その正体の推定として、最も確からしいのは「小型商船」というところだった。

「ドレイトン」は、他のものより右にいた目標の追尾を続け、距離は今では6700ヤードになっていたが、レーダーで追尾していても相変わらず速力ゼロのままだった。星弾を目標のはるか後方、1２０００ヤードで炸裂するよう調定して2回斉射し、それに続いて命中を期して5インチ砲弾を１００発以上射った。しかし敵影は一度も見えず、射撃の成果もまったく目視できなかった。

魚雷をすべて射ちつくし、目標も認められなかった「フレッチャー」のコール艦長は、低速の魚雷がついには敵に届くのではないかと期待しながら、25ノットで西進を続けていた。魚雷発射から5分後、敵の斉射3発が「フレッチャー」の艦首からわずか１００ヤードの海面に落下し、続いて左舷２００ヤードにも斉射弾が落ちた。コール中佐は艦を右に急旋回させて針路を３５０度とし、30ノットに増速した。

「パーキンス」のリード艦長は1本の魚雷が艦首前方を横切っていくのを目撃し、次には飛来した敵弾に挟叉された——水柱の大きさから見て、かなりの大口径弾のようだった。リード少佐は速力を上げ、煙幕を張りながら「フレッチャー」に続いて北に転進した。「モーリー」と「ドレイトン」も魚雷の航跡と砲弾の水柱を目撃したが、前衛の駆逐艦は1隻も被害を受けずにすんだ。

4隻の駆逐艦が北へ、サヴォ島のわずか左側の方向へと速力を上げていったころ、ガダルカナル島の北岸一帯ではいくつも大きな爆発が起こった——前衛駆逐艦部隊の魚雷が、やっと何かにぶつかったのである。

「ミネアポリス」の8インチ主砲の第2斉射は目標を直撃したように思われ、第3、第4の斉射も挟叉となったようだった。このころには星弾の照明も効果を現し始めていた。見張員の中には、敵艦を駆逐艦か巡洋艦と考えたものもいたが、艦長と砲術長が認めたのは煙突1本と商船型の艫先だけだったので、目標は輸送船と識別された。目標は爆発して、もはや見えなくなり、「ミネアポリス」はいったん射撃を中止して、右の方の別の敵影に目標を移した。そちらの距離は10300ヤードで、1本煙突の駆逐艦と識別されたが、アメリカの駆逐艦に非常に良く似ていた。これに「ミネアポリス」は4斉射を注ぎ、最後の1回は後続の巡洋艦からの1斉射と入り混じって中央に命中、敵艦は真っ二つとなった。敵の艦首と艦尾が海面から持ち上がるのが見え、すぐに消え去った。射撃は停止され、主砲は左の方の第3の敵艦を目標とした。この艦は大型駆逐艦か巡洋艦と識別され、すでに他の艦と交戦中だった。「ミネアポリス」が1斉射を送ると、これも姿を消した。

「ニューオーリンズ」は、「ミネアポリス」が最初に射撃したのと同じ目標、敵隊列の先頭にいた駆逐艦と思しき艦に砲撃を開始した。4回の斉射の後、敵艦が爆発して消滅するのが目撃された。次の目標は「愛宕」級の巡洋艦と識別され、これも3回か4回の斉射が着弾すると爆発するのが認められた。続いて射撃目標は左の貨物船に移された。今や数多くの星弾が飛び交い、貨物船もその光で見えるようになったものであった。第2斉射の後、この敵船は途方もない大爆発を起こして吹き飛び、猛烈な火炎を上げて燃え続けた。「ニューオーリンズ」はさらに左に目標を求め、海岸近くにいる別の貨物船に主砲を向けた。2回斉射を送ると、これもまた爆発し、炎上した。

ＳＧレーダーのない「ペンサコラ」は、目標を見つけるのに手間取っていたが、星弾による照明が効き目を現すと、目視で敵1隻を発見し、距離１０００0ヤードで砲撃を開始した。砲弾が挟叉するのは目撃したものの、自分の5インチ副砲を使って照明するまで、敵が3本煙突の日本軽巡であるとは識別できなかった。目標は損傷し、左舷に深く傾斜しているように見えた。5回目の斉射の後、大きな爆発を起こし、敵艦は消えてしまった。続いて、最初の目標の右、距離８０００ヤードにＦＣレーダーが新たな目標を探知した。「ペンサコラ」が射撃を始めると、敵艦はどうやら煙幕から出たのか、姿がはっきりと見えるようになった。すぐに「最上」級か「夕張」級の巡洋艦と識別され、「ペンサコラ」の第2斉射がその1本煙突のちょうど付け根に命中すると、敵艦は爆発して消え失せた。他に目に入る目標がなくなったので、「ペンサコラ」は主砲の「砲口から」弾を抜き、事態の進展を待つことにした。「ホノルル」は目標を選び出すのに時間がかかり、砲撃開始からおよそ5分後にやっと頃合いのものを見つけた。「ミネアポリス」と「ニューオーリンズ」が炎上させた敵艦の左にいた艦を目標に定め、最初の射撃から挟叉弾を得た。「ホノルル」は射撃距離を縮めるとともに、各砲が装填を終え次第発射する、急速連射に切り替えた。赤い曳光弾が30秒間にわたって目標へと夜空に弧を描き、「ホノルル」は効果を確かめるため、一時砲撃を停止した。星弾の輝きと次第に濃さを増す煙ともやのせいで、砲手は実際には目標を視認できなかったが、レーダーで追尾を続けるうちに、測距手は敵が減速していくのをつかんだ。急速射撃でさらに1連射を送ると、目標の速度はゼロに落ちた。

「ノーサンプトン」も、前方の味方巡洋艦2隻が射撃している敵の左に、FCレーダーで目標を見つけた。照明の状態が良くなると、この艦は駆逐艦で、後ろに軽巡洋艦2隻を従えて単縦陣で進んでいるのが認められた。「ノーサンプトン」は距離11000ヤードで射撃を開始、すぐに命中が観測された。砲手は敵が沈没したのを確信した。

後衛の駆逐艦「ラムソン」はSGレーダーがなく、何も目標を発見できなかったが、星弾の発射を続けながら、巡洋艦の航跡についていった。最後尾の「ラードナー」は瞬間的に目標を認め、5〜6発を発射したが、すぐに敵を見失ってしまった。

最初の斉射から7分後、「ミネアポリス」の艦首が巨大な爆発とともに吹き飛んだ。火炎が宙に向かって噴き出し、マストヘッドよりも高く上った海水が幕となって落ちかかり、露天部分のあらゆるものを水浸しにした。船体全体が放り出されたように持ち上がり、まるで巨大な犬が濡れた体を振るように、激しく振動した。最初の爆発による水柱が甲板に崩れ落ちるか落ちないうちに、中央部にも爆発が起こり、左舷に海水の壁が立ち上がった。「ミネアポリス」の巨体は右舷にかしぎ、艦首の傷口を深く水面に突っ込んでいた。操舵室にも深さ1フィートの水が押し寄せ、打ちのめされた水兵はその中で立ち上がろうともがいていた。フォクスル（艦首楼）は火に包まれ、艦尾甲板はガソリンと燃料油の煙に覆われた。「ミネアポリス」は行き足が止まり、操舵の自由を失った。めちゃめちゃになった艦首に引きずられて、艦は右に振れることとなった。

その後方にいた「ニューオーリンズ」の艦長、クリフォード・H.ローパー大佐は「面舵いっぱい」を命じて、炎上する旗艦をさけようとした。艦が操舵に応えはじめた矢先に、1番と2番砲塔の中間でとてつもない爆発が生じた。艦首全体が1番砲塔もろとももぎ取られ、浮いたまま船体をえぐりつつ左舷に沿って流れていき、最後には4番プロペラのブレード1枚を引き千切って通り過ぎた。痛撃で艦は縄を波打たせた時のように震え、乗員は投げ出されて倒れ込んだ。前部ではすべての動力も電力も失われた。「ニューオーリンズ」は急速に減速し、前のめりになって停止した。

後部艦橋の上部にある予備指揮所にいた副長のW.F.リッグスJr.中佐は、火炎と燃える破片が前部マストの2倍の高さにまで達するのを見た——その持ち場にも油混じりの海水が上から降り注いだ。きっと弾薬庫が爆発して、前部では全員が吹き飛ばされたにちがいない、と副長は考えた。どの電話回線でも艦橋を呼び出すことができず、中佐は操舵アラームを鳴らして、後部操舵室に操舵を切り替え、自分が操艦の指揮を執ることとした。リッグス副長は「面舵」を命じ、艦尾を敵に向けて魚雷が命中する可能性を最小にしようとした。TBS無線も通じず、艦長からの指示もなく、副長は闇の中を見渡して、爆発の光を頼りに針路をつかもうとした。

「ペンサコラ」では艦長のフランク・F.ロウイ大佐が、いつも通りに艦橋より1段上の対空指揮所を自分の場所としていた。航空攻撃の際にはこちらの方が視界が良いのである。艦長はここから戦闘の指揮をとり、副長のハリー・キーラーJr.中佐は操舵室に留まって艦の操縦を指揮するのだった。「ミネアポリス」から、続いて「ニューオーリンズ」からも火柱が上がった時、「ペンサコラ」の砲手は左舷に新しい目標を求めているところで、キーラー副長は左に20度回頭して、傷ついた2隻を避けようとした。炎上した僚艦を高速で追い越す間、その上部構造がめちゃめちゃにやられているのが見え、火災の熱気までもが感じられた。「ペンサコラ」が「ミネアポリス」に並びかけ、中佐が操舵手に針路を戻すよう命じると、艦は「ミネアポリス」からの片舷斉射の爆風に揺られ、煙突をかすめるようにして8インチ砲弾が飛んでいった。旗艦は深手を負ったが、死んではいないのだ。

今や「ペンサコラ」は巡洋艦部隊の先頭となった。闇の中へと突き進んでいくと、FCレーダーが左舷前方、距離6000ヤードに高速で移動する目標を捉え、主砲の射撃が再開された。目標から閃光が上がるのは見えたが、敵艦の全体の姿は一度も目にしなかった。「ペンサコラ」は完全なレーダー測的で射撃しており、着弾点は確かめようがなかった。第7斉射の後に目標は距離7000ヤードで消え失せ、ロウイ艦長は目標を撃沈したと判断して、次なる敵艦の捜索にかかった。前部の主砲射撃指揮装置が数回旋回するうちに、FCレーダーがさらに遠方、右舷艦首寄りの方向12000ヤードに新たな目標を見つけた。慎重に追尾すると、目標は針路295度、速力32ノットであった。「ペンサコラ」は敵に一泡吹かせてやろうと、8インチ主砲の片舷斉射を3回放ったが、レーダーによる接触が切れ、そのまま見失ってしまった。目標の方向にいくつか閃光が光るのが認められたものの、命中弾を与えたかどうか確信は持てなかった。

1隻の艦影が右舷に浮かび、「ペンサコラ」は識別のため星弾2発を打ち上げた。その艦は軽巡「ホノルル」で、すぐさま戦闘信号灯を点滅させてきた。左舷艦首寄りの至近距離に数本の水柱が立ち、ロウイ艦長と砲手がその元を探している時、「ペンサコラ」はメインマストの基部に起こった大きな爆発で揺さぶられた。炎と黒い燃料油が空中高く吹き上がり、船体は激しく震え、乗員たちは何かに掴まらないと甲板に投げ出されてしまうところだった。砲塔の動力はすべて失われ、艦内のどこもかしこも電灯が消えてしまった。操舵力もなくなって、速力は這うような速さに落ちた。火炎がメインマストに届くばかりにそびえ立ち、後部煙突を包んだ。「ペンサコラ」は13度傾斜して、左舷側の甲板排水口《スカッパー》が海面すれすれになった。火災は激しさを増して、前部と後部に広がっていったが、主消火配管が切断され、水は出なくなっていた。

被害を受けたのは主に機関区画であったが、それでも缶室と機関室のひとつずつは無傷だった。機関員の迅速な対応によって、破裂した配管は遮断され、燃料油やボイラーの水の流路が切り替えられたおかげで、推進機軸1本と一部の発電機への動力供給を回復することができた。目につく目標もなく、実質的に戦闘不能となったので、「ペンサコラ」は磁気コンパスを頼りに操舵してツラギに向かうことにした。機関員が燃料を移送したことで、艦の傾斜は1時間もしないうちに水平に戻ったが、上部の火災は7時間にわたって燃え続けたのだった。

「ホノルル」の艦長、ロバート・H．ヘイラー大佐には、「ペンサコラ」が左によろめくのも、前方の惨事もはっきりと見てとれたため、「面舵一杯」を命じて、プロペラの回転を30ノットに上げさせた。艦首が真北を回ったところで舵を中央に戻し、それからわずかに左に切って、6インチ砲塔が2番目の目標に仕事を続けられるようにした。目標は今や左舷のかなり後方寄りになっていた。ヘイラー艦長は前方の僚艦は雷撃を受けたものと考え、「ホノルル」を敵の魚雷の届かないところへ遠ざけておきたかった。損傷した味方艦が目標への方向に立ち塞がったので射撃を中止したが、「ホノルル」が放った砲弾の雨によって、敵艦が海底深く葬られたことは確かに思われた。敵との距離が充分に開き、針路を300度にとって基地に向かえるようになったころには、もはや新たな目標は見当たらなかったが、それでも艦長は機関に速力30ノットを保たせることとした――戦闘速力としてはこの方が良かった。ヘイラー大佐は5インチ砲から星弾2発を方向を違えて発射させたが、何も見つからず、「ホノルル」は2336時に沈黙した。

後続の「ノーサンプトン」は、前方の「ホノルル」が針路を変えたのに合わせて、同じく右に転じたが、増速はしなかった。「ホノルル」がわずかに戻すと、やはりそれにならい、針路を350度に取った。「ペンサコラ」と炎上中の2隻の味方巡洋艦の間の方向に1隻の目標を発見した「ノーサンプトン」は、狙いすまして斉射を放った。目標をもっと真横近くに捉えるために針路を320度とすると、斉射弾がいくつか命中するのが観測された。戦闘開始以来、主砲の旋回を指揮していた第1射撃指揮装置では、目標が爆発して沈没するのが見え、「ノーサンプトン」は主砲9門による片舷斉射18回を送ったところで、射撃を中止した。砲撃で大型駆逐艦2隻を確実に撃沈し、さらにもう1隻、もっと近い距離にいた軽巡洋艦と思しき艦も爆発させたことで、艦長ウィラード・A.キッツ大佐は、自分の艦は充分に役割を果たしたと確信を持った。

艦の針路が4海里先のサヴォ島に真っすぐに向かっていたので、キッツ艦長は島を避けるように左に舵を取り、針路を280度とし、さらなる目標を求めた。すでに「ホノルル」は前方に消え、左舷真横4000ヤードには「ペンサコラ」の火災が見え、前方左舷寄りには下火になった「ミネアポリス」と「ニューオーリンズ」の炎が燃えており、南東の水平線上に沈み行く敵艦1隻の火と、さらに遠く、ガダルカナル島の海岸近くには少なくとも2隻が燃えているのが見えた。

2348時、「ミネアポリス」が魚雷の命中を受けてから約20分後、キッツ大佐は艦首わずか左舷に2本の魚雷が接近してくるのを見て、「取り舵一杯」を命じた。魚雷のうち1本は約10フィートの深さを走っており、もう1本は海面すぐ近くを進んでいた。その1本あるいは両方が「ノーサンプトン」の後部左舷に命中し、途方もない爆発が舷側を引き裂いた。後部機関室はたちまち浸水し、4基の推進機軸のうち3本までが停止、艦の後部との連絡はすべて途絶した。

メインマストを包むように炎と燃料油が空高く噴き上がり、後部対空指揮所の上に降り注いだ。艦の全体が数秒間にわたって激しく揺さぶられ、衝撃で艦内のポンプや電気モーターは取り付け基部からもぎ取られて、放り投げられたようにあたりを飛び交った。「ノーサンプトン」はたちまち左舷に

10度傾き、行き足を失った。メインマスト左舷側からは火柱が立ち、マストとボート甲板を包み込んだ。ボート甲板に配置してあった5インチ砲の即応砲弾も、近くの揚弾機に入っていたものとともに燃え始めた。しかしおよそ10分後には、機関員が1番推進機軸の回転を取り戻し、艦は左に振れながらもゆっくりと動き始めた。キッツ艦長はなんとかツラギまで帰り着ければと願ったが、防水隔壁が次第に破れ、傾斜の増え方は不吉な兆候を見せつつあった。

後衛の駆逐艦「ラムソン」のフィッツジェラルド艦長は、最後尾の巡洋艦の後に続いて北に向かおうとしたが、針路を変えた矢先に、「ノーサンプトン」の右舷機関砲が最初の獲物を見つけたと思い込んで、「ラムソン」に向かって射撃を開始してきた。フィッツジェラルド少佐は急いで右に舵を取り、速力を上げて東に逃れた。続く駆逐艦「ラードナー」のスイーツァー艦長は、前方で混乱が起こっているのを見て、左に転舵してそれを避け、そのまま270度旋回した。350度の針路で舵を戻し、他の艦と平行になると、「ラードナー」もまた射ち気にはやる巡洋艦の砲手からたっぷり挨拶され、やはり東に避退したのだった。

前方では前衛の駆逐艦部隊が、巡洋艦の隊列のあるべき位置から何本も火柱が立ちのぼるのを、信じがたい思いで見守った。しかし何の命令も、何の報告も送られてはこなかった。前衛部隊の指揮官、「フレッチャー」のコール中佐は機関に35ノットに増速することを命じ、後続の艦を率いてサヴォ島を巡る針路を取った。戦闘海域に見えた最後の動きは、1発の赤い曳光弾が左から右に弧を描き、オレンジ色の炎の場所に達し、煙ともやの中に消えて行くところであった。

前衛部隊の最後尾、「ドレイトン」の感度のよいＳＧレーダーは、エスペランス岬付近で３個の目標が高速で西に向かっているのを捉えた。距離は１２０００ヤードだったが、速力３角法でプロットしてみると、魚雷を低速駛走させればまだ届く距離であった。艦長クーパー少佐は魚雷４発を扇形に発射することを命じた。魚雷が目標に到達したと思しい時刻に、水雷員から少なくとも爆発がひとつあったことが報告されたが、クーパー艦長は閃光も火の手も見えなかったので、報告を信じる気にはなれなかった。

コール中佐は４隻の駆逐艦を引き連れて北に向かい、それから北東に転じて、サヴォ島の２海里沖合を回って行った。２３４９時、サヴォ島の向こう、ちょうど反対側で巨大な爆発が起こり、夜空を明るく染めた。それまでの爆発や火災よりも、大きく目映い大爆発であったため、弾薬輸送船に違いないと思われた。

サヴォ島の西側と北側の捜索を終えて、付近にはもう敵艦船がいないことを確認したコール中佐は、ツラギへと東に針路を向けた。サヴォ島の陰から出て、再び戦闘海域をレーダーで探れるようになると、コール中佐は部隊を二つに分け、３０００ヤード離して通常の捜索・攻撃隊形を取らせ、南に転じた。「フレッチャー」と「パーキンス」が東側を、「モーリー」と「ドレイトン」が西側を進んだ。速力は15ノットに落とし、接触があっても検討の時間が取れるようにした。前方の水平線には幾つか炎が見えたが、差し迫って危険があるとは思えなかった。コール中佐は闇に聳えるガダルカナル島の周囲に、未だ無傷の敵艦を捜し求めた。

一方、旗艦「ミネアポリス」の艦首が大爆発とともに吹き飛び、艦が停止してしまってからの数分間、任務部隊司令のライト少将は決断を下す材料となる情報を何も得られずにいた。レーダーはなく、無線の調子は覚束なく、艦の上部は水浸しとなり、もはや「ミネアポリス」は指揮を執るべき場所ではなくなっていた。しかも後続の「ニューオーリンズ」も同じ運命に見舞われてしまった。しかも戦況は急速に変化しつつあったため、旗艦を他の艦に移すことなど考えられなかった。そこでライト司令は、「ホノルル」に座乗する次席指揮官のティズデール少将に指揮を引き継ぐよう指示したが、すでに「ミネアポリス」のＴＢＳ通信も電力が失われており、指示は届かなかった。

ティズデール提督は、軽巡「ホノルル」を30ノットで西寄りに進ませつつ、10分間というもの何の通信も送らずにいたが、それから任務部隊司令のライト少将に宛て、針路を報告して指示を求めた。しかし沈黙があるばかり。「ホノルル」が右舷間近にサヴォ島を見ながら、その陰を抜けたところで、ティズデール少将は艦を右に向けて針路３４５度とし、北西方向を捜索することを命じた。新しい針路についた途端、後方の「ノーサンプトン」に爆発が起こった。

「ミネアポリス」と「ニューオーリンズ」は大破して、きっと戦闘不能だろう。「ペンサコラ」が被雷するのを目撃し、今また「ノーサンプトン」もやられたに違いない。ティズデール少将はＴＢＳで

「ペンサコラ」を呼んでみた。「動けるか?」。応答なし。無線通信もなければ、レーダーに接触もない。ティズデール少将は部隊の指揮を執ることを決断し、「ホノルル」はサヴォ島をぐるりと周り、東側を捜索することにした。

００００時の１分前、全艦宛の「付近の艦艇へ。援助を求む」という通信が「ミネアポリス」から入った。動力がなくなるまで３基の砲塔すべてで射撃を続けていた、勇猛な「ミネアポリス」が、やっと息を吹き返したのだ。２分後、ティズデール少将に指揮を引き継ぐことを命じる、ライト少将からの指令がやっと送信され、「ホノルル」に受信された。任務部隊はたっぷり30分間以上にわたって、実際上の指揮官なしの状態に置かれていたのである。

ティズデール提督はなおも10分間東に進んだ後、右に旋回して針路を１４５度とし、〝アイアンボトム・サウンド（鉄底海峡）〟の中央部を捜索した。大佐は前衛駆逐艦部隊に「ホノルル」に合流するよう指示したが、「フレッチャー」はレーダーで「ホノルル」を発見することができず、「ホノルル」にサヴォ島から見てどの方位にいるか尋ねざるをえなかった。「ドレイトン」のＳＧレーダーは他の艦のものよりも感度が良く、現在の旗艦「ホノルル」を発見することができ、それがサヴォ島の北東にいることを「フレッチャー」に伝えた。しかし「ホノルル」からは南方から探照灯の光芒が動いているのが認められたため、ティズデール提督はいったん針路を北西に取って探照灯を逃れることとし、「フレッチャー」のコール艦長には合流を後回しにするよう命じた。コール中佐は闇をうかがいながら南への航行を続けた。三日月が０００９時に上り、かすかな月光を受けて、あたりのもやに銀の色合いを加えた。

００３０時、サヴォ島より南方の捜索を終えたコール中佐は、索敵隊形を取ったままの部隊を東に向け、ティズデール提督に「他の艦はどこか？」と尋ねたが、応答は「他の艦の位置は不明」というものだった。「ホノルル」の居場所が最後に報告されたのは北の方だったため、コール中佐は部隊の針路を０００度として、速力を20ノットに上げた。

一方ツラギ基地に残されていた、巡洋艦のカーチスＳＯＣシーガル艦載偵察機は、命令に従って前夜の２２００時に離水を試みたが、水面を離れることができなかった。湾内は波ひとつない凪ぎで、燃料や爆弾をたっぷり積むと、ＳＯＣでは馬力が足りなかったのである。ＳＯＣは何度も飛び立とうとしたものの、どうしてもフロートが鏡のような海面から離れなかった。ツラギの港内で離水滑走に使える水面は狭く、そこを機首を上げた姿勢でフルパワーで滑走するのは危険でもあったので、ＳＯＣは他の機の目につきやすいように滑走灯をつけなければならなかった。

およそ1時間の後、「ミネアポリス」の搭載機2機と、「ニューオーリンズ」と「ホノルル」の1機ずつがなんとか飛び立ち、アイアンボトム・サウンド上を南西に向かっていった。ＳＯＣが戦闘海域に到着したのは、ちょうど砲戦が始まった直後であったが、下方の激戦には何も手助けすることができず、照明弾投下の指示もついに受けないままだった。ＳＯＣはガダルカナル沿岸にそって、エスペランス岬とサヴォ島の間を2回往復し、その間に観測した光景が後の戦闘報告書の作成に大きく役立つこととなった。

0037時、少し遅れて離水したSOCの小隊が、ガダルカナルに兵員を上陸させている敵駆逐艦に照明弾を投下する許可を求めてきた。ティズデール少将は、その偵察機にさらに詳しい情報を尋ね、TBS無線に「ガダルカナルに兵員揚陸中の敵駆逐艦を射撃するべく、左に旋回中」との応答があったため、「フレッチャー」のコール艦長に前衛駆逐艦を率いて水上機の応援に行くよう命じた。コール中佐は駆逐艦部隊を単縦陣にまとめ、戦闘に加わるべく、針路を南に取ってエスペランス岬に向かった。それから20分間、偵察機との間で通信のやりとりが交わされ、「ホノルル」は南に急行してサヴォ島の西を回り、コール中佐は東から隊を率いていった。やっとSOCが照明弾を落とすと、砂浜に船首を乗り上げた貨物船の残骸が照らし出され、あたりの船も皆同じような有り様であった。ティズデール司令は水上機に「避退」を命じ、ツラギへと帰投していった。

「ミネアポリス」艦上では、修理班が艦を再び行動可能とするべく、闇の中で必死に働いていた。艦は被雷直後に停止してしまった――4つの缶室のうち3つまでが完全に浸水し、第4の缶室にも真水の供給が難しくなり、すぐにボイラーに海水が入り込むようになってしまった。電話回線のほとんども寸断されたため、必要な艦内連絡を行なうのにも苦労し、伝令まで使わなければならなかった。TBS無線は不通だったが、SGレーダーは雷撃から数分後には奇跡的に復旧していた。無限とも思えるほどの時間がたった後、機関長からいつでも機関が動かせるようになったと報告が入り、機関に前進が命じられた。「ミネアポリス」は3ノットほどの速力で這うように進み、ジャイロ・コンパスが使いものにならなかったので、磁気コンパスで針路を取った。

艦長のローゼンダール大佐は最初ルンガ岬に向かったが、間もなく機関室のひとつが換気できないために作業が不可能となり、人員を退去させなければならなくなった、動力が完全に失われて、そのまま日本軍前線背後の海岸まで流されてしまう可能性を考えて、艦長は0200時に針路を左に変えて、ツラギに向かうこととした。その少し後、「ミネアポリス」は海面に浮かぶ残骸に危うく衝突しそうになったが、右舷ぎりぎりのところでかわすことができた。その残骸は駆逐艦の艦首だけが海面に突き出ているものと見られ、転覆して艦尾から沈んだものの完全に没しきってはいないようであった。

「ニューオーリンズ」はツラギの港から10海里のところで援助を求め、応援として「モーリー」と「パーキンス」が派遣された。「パーキンス」が「モーリー」の後ろについて、両艦は25ノットで東に急いだ。時刻は0100時を少し過ぎたころで、もやのかかった闇夜では空と海の区別もつきにくかった。20分ほど航行しているうちに、「モーリー」の見張り員が前方5000ヤードわずか右舷寄りに何かを認めた。艦長シムズ少佐は16本の魚雷を扇形に開いて発射できるよう、魚雷発射管に「前方に偏射」の用意を命じた。すべての砲も目標に向けられた。後続の「パーキンス」も全兵器をいつでも射てる態勢に置いた。

　距離４００ヤードになると、目標のおぼろな影がまとまって、船であることがわかるようになったが、それ以上は見分けられなかった。右からは軍艦に見えるが、左からだと直立船首の貨物船のようだ。シムズ少佐は信号員に点滅信号灯で誰何することを命じた――味方であれば、正しい応答は戦闘信号灯かヴェリー信号弾発射銃で、緑・白・緑を送ってくるはずであった。信号灯の細い光線が点滅し、ブザーがトン・ツーに合わせて鳴り響いた。「モーリー」の艦橋では配置についた水兵たちが固唾を呑み、魚雷発射指揮装置はぴたりと目標の真ん中に向けられ、４基の４連装魚雷発射管は電気式発射雷管の装填と準備を終えて、命令を待っていた。距離は２５００ヤードに縮まり、前方の船は肉眼でも見えるようになった。と、その時、謎の船の右寄りの部分から3発のヴェリー信号弾が上空に弧を描いた。白・緑・緑。シムズ少佐は「魚雷発射用意」を命じて、両の眼を双眼鏡に押し付けた。正体不明の船影のいたるところからヴェリー信号弾が打ち上がった――ほとんどは緑・白・緑の順番だった。シムズ艦長は「発射待て」を命じ、左に急転舵した。

　闇の中から浮かび上がったのは「ニューオーリンズ」の姿であったが、艦首が沈み込み、しかも2番砲塔から前の部分がそっくりなくなっていた！　シムズ少佐は「モーリー」の速力を15ノットに緩めて旋回し、「パーキンス」には哨戒を続けるよう指示を与えた。「モーリー」は船足を落として「ニューオーリンズ」のすぐそばに近づいた。ラウドスピーカーで短い会話を交わすと、「ニューオーリンズ」

は鎮火に成功し、浸水もおさまっているとのことであった。速力も5ノットは出て、まっすぐにツラギに向かっているところだった。

その前方にも別の艦が燃えており、おそらくそちらの方が「ニューオーリンズ」よりも助けを必要としているように思われた。2隻の駆逐艦はなおも東に航行し、間もなくそれが「ペンサコラ」であることを認めた。「ペンサコラ」はメインマストがまだ炎になめられており、左に大きく傾き、およそ8ノットで進んでいた。「モーリー」はその前方を警戒し、「パーキンス」はそばに並んで消火活動を手伝うことにした。「ペンサコラ」をツラギの港の入り口まで送り届けると、「パーキンス」はそのまま隣に付き添い、「モーリー」は今度は「ニューオーリンズ」を無事に連れ帰るため、引き返していった。

「ノーサンプトン」が魚雷を受けたのは後部機関室で、そこはたちまち浸水したが、爆発の威力はあまりに大きく、周辺の燃料タンクや真水タンクもすべて破られ、前方の第4缶室との隔壁も裂けてしまい、後方の弾薬室の隔壁にもひびが入ったほどであった。爆風は上方に吹き上がり、第2甲板と主甲板の区画を突き破って、炎と油で一杯にした。すべてのポンプが目一杯使われたが、艦は最初に10度傾斜したまま、復元するどころか、じわじわと傾きを増していった。後半部では電力も照明も全部失われ、ダメージコントロール班が懐中電灯を頼りに進んでいくと、どの区画を見ても海水が入り込んでいるところであった。

被雷後の数分間、「ノーサンプトン」は残っていた右舷推進機で前進を続けていたが、徐々に左に旋回し、ガダルカナルの敵の占領する海岸に向かうようになってしまった。キッツ艦長は使える機関と操舵装置に艦内放送で指示を送り、ツラギへと艦首を回すことができたが、傾斜が16度に達すると、行き足を止めることで傾斜を安定させようと考えて、唯一の推進機も停止させた。

０１００時をわずかに過ぎたころ傾斜は20度に増し、潤滑油の供給ができなくなったために、機関を止めざるをえなくなった。キッツ艦長は復旧したＴＢＳ無線で、艦を放棄する準備をしていることを告げた。傾斜が23度になると、艦長は艦橋要員を退去させ、機関室と缶室もすべて閉鎖し、総員を甲板に上げ、救命筏と浮力ネットを海上に投下させた。０１３０時、キッツ大佐はサルベージ要員以外の全員に、艦から退去することを命じた。

水上機による照明弾投下の騒ぎが終わると、ティズデール提督は「ホノルル」に東方向に索敵を行なうよう命じ、ガダルカナル島の海岸から１５０００ヤードを保ちながら、見落としていた日本軍がいないか確かめていった。０１３０時、「ホノルル」のＳＧレーダーのスクリーン上に8隻の船が現れた――そのうち何隻が味方なのか、ティズデール司令にもわからなかった。その直後、今度は「ニューオーリンズ」が、潜水艦1隻が浮上していることを報告してきた。巡洋艦がやられたのは、ひょっとすると潜水艦の魚雷によるものかもしれない。０１３９時、大佐はアイアンボトム・サウンドを西に抜けるよう命じ、それから南に舵を取った。「ホノルル」が西寄りの針路に向かうのと同じころ、駆逐艦「フレッチャー」と「ドレイトン」がやっと闇の中から旗艦を見つけ、その後方についた。

その30分前に、「ノーサンプトン」からTBSを通じて、艦を放棄する準備中であるとの連絡があったので、目下の指揮官ティズデール少将は艦長のヘイラー大佐に、そのすぐそばを通る針路に向けることを命じた。まだ炎を上げている「ノーサンプトン」に高速で近づいていくと、まっすぐ前方の油の浮いた海面に、突然救命筏と水兵の群れが見えた。ヘイラー艦長は面舵一杯を取り、筏を転覆させないよう速力を落とした。そこを通過しながら、ティズデール提督は「フレッチャー」と「ドレイトン」に海中の将兵を救助し、「ノーサンプトン」に付き添わせ、ヘイラー艦長にはなお30ノットで走り続けるよう指示した。この夜、アメリカ巡洋艦が魚雷を食らうのはもうこれ以上願い下げだったのである。

0200時になると、「ノーサンプトン」にはいよいよ終わりが近づいてきた。後部とボート甲板の火災はもはや押し止めようもなく、消防主管の水圧も落ちつつあった。乗員が次々に海に飛び込み、それを「フレッチャー」と「ドレイトン」が片端から救い上げていった。0240時、傾斜は35度になり、キッツ大佐は状況はもはや絶望的と見た。艦長はサルベージ要員にも退去を命じ、その後に続いて自らも海に入った。0304時、「ノーサンプトン」は左に転覆し、艦尾から沈み始め、艦首は60度の角度で天を指しながら海面下に没していった。

第9駆逐隊の司令、「ラムソン」に乗るフィッツジェラルド少佐は、いったん東に抜けた後「ラードナー」に合流を指示し、2隻で南東方向に哨戒しながら、命令を待った。0130時ごろ、ルンガ岬を目指して航行中の「ミネアポリス」を援助せよとの命令が、ガダルカナル経由で届いた。しかし同艦の姿は見当たらず、少佐はツラギに向かって北に捜索することとし、0254時になってやっと傷ついた「ミネアポリス」と接触した。「ミネアポリス」はゆっくりとだが着実にツラギへと航行しており、2隻の駆逐艦は周囲を警戒しつつ、よろめき進む巡洋艦に付き添っていった。

夜が明けると、「モーリー」は「ニューオーリンズ」と並んでツラギ港外に到着し、2隻で停泊するため錨を下ろした——「ニューオーリンズ」は艦首と一緒に錨も失くしていたのである。少しして、「ミネアポリス」がサルベージ曳船「ボボリンク」に連れ添われて、這うように入港してきた。「ミネアポリス」は港のずっと奥まで導かれ、椰子の木の生えた浜辺近くに係留され、すぐさまカモフラージュが施された。その日の午前遅くには、「ニューオーリンズ」も「モーリー」を曳船として側に置きながら、マクファーランド・クリークを逆上ってさらにジャングルの奥へと移されて、PTボート（魚雷艇）母艦「ジェイムスタウン」の隣に停泊し、やはり同様のカモフラージュに覆われた。「ペンサコラ」はツラギ島の背後にある入り江に投錨し、拡充しつつある海軍基地から派遣された要員の加勢を受けて、乗員はすぐに忙しく破孔に継ぎを当て、浸水をくみ出す作業にとりかかった。

ティズデール少将は日のあるうちにアイアンボトム・サウンドにとって返して、敵が残っていないか一帯を捜索し、それからツラギに向かった。「ホノルル」が「ミネアポリス」と肉眼で接触すると、ライト少将はティズデール少将に、「ラムソン」と「ラードナー」を伴ってエスピリッツに向かうよう指示した。「ノーサンプトン」の乗員646名を救助した「フレッチャー」と、127名を乗せた「ドレイトン」はすでにレンゴ海峡を抜けて、南に航行中であった。

それからの数日間にわたる必死の作業の後、大破した3隻の巡洋艦は護衛されて無事にエスピリッツに到着し、応急修理を受け、そこからさらにアメリカ本国に帰還して本格修理を受けることとなった。3隻とも終戦前には艦隊に復帰することができたのだった。

米重巡「ミネアポリス」。1942年12月1日、ツラギ入港直後の状況。
Photo from National Archives.

「ミネアポリス」艦首損傷部のクローズアップ。1942年12月1日、ツラギ港。
Photo from National Archives.

「ミネアポリス」。ココ椰子の木を使った応急修理。1942年12月、ツラギ港。
Photo from National Archives.

「ミネアポリス」。偽装ネットを張っている。接舷しているのは救難曳船「ボボリンク」(USS Bobolink ATF-5)。1942年12月、ツラギ港。
Photo from U.S. Naval Institute.

「ミネアポリス」。偽装を施して岸に係船中。1942年12月、ツラギ港。
Photo from U.S. Naval Institute.

「ミネアポリス」。1943年1月、ニューヘブリディーズ諸島エスピリツ・サントで本国回航のための仮艦首を装着した状態。
Photo from Naval Historical Center.

1942年12月1日のツラギ。「ノーサンプトン」の生存者を積んだPTボートが「ペンサコラ」に接近しているところ。後方左側では「ニューオーリンズ」が、曳船役の「モーリー」に付き添われてフロリダ島マクファーランド・クリークへ移動中。
Official U.S. Navy photo.

米重巡「ニューオーリンズ」。2番砲塔前までの艦首を吹き飛ばされた状態。1942年12月1日、ツラギ港。
Photo from U.S. Naval Institute.

「ニューオーリンズ」。応急修理を受け、本格修理のため米本土へ向かうところ。
Photo from U.S. Naval Institute.

米重巡「ペンサコラ」。工作艦ヴェスタル（USS Vestal AR-4）に接舷して応急修理中。1942年12月17日、エスピリツ・サントにて。
Photo from National Archives.

米軽巡「ホノルル」。1942年10月26日、メアアイランド沖にて。
Photo from National Archives.

4 第4章 報告書 The Report

アメリカ海軍の規則では、いかなる形でも敵と戦闘を交えた場合、指揮官は必ず報告書を作成することが定められている。戦闘の準備と指揮のために持てる力のすべてを使い尽くし、不安と緊張、さらには恐怖の果てしない時間を生き抜き、自分たちの計画や希望、信念の誤りを見せつけられ、しかも戦友や立派な艦を目の前で失った男たちが、今度はじっくりと腰を下ろして、何が起こったかを報告するため力を尽くすこととなった。しかし主砲が咆え、艦が震えている間、人間たちは訓練を積んできたとおりに戦闘を遂行したり、あるいは目の前の光景に心を奪われていた。メモを取ったり、時刻を記録したりはしていなかったのである。

ライト少将にとっては、上官たちに余すところなく事実を伝え、上位司令部が高所からの戦争指揮を続けられるようにすることが義務であった。ライト提督は砲撃開始を命じた直後に、COMSOPAC（南太平洋方面司令官）のハルゼー中将に、「敵水上部隊と交戦中」と平文で打電している。その第1弾発射から5時間後、より詳しい通信を送った。

発：CTF67、宛：COMSOPAC、Z時間（グリニッジ標準時）30日1730時　第67任務部隊司令報告。エスペランス岬にて輸送船と思われる4隻に砲撃を開始。命中し火災を発生。6分後3ないし4隻の重巡が駆逐艦と潜水艦からと思われる雷撃を受く。以来他艦との情報交換不能。「ノーサンプトン」炎上全損。「ペンサコラ」も同様と推測。「ニューオーリンズ」ツラギへ向け5ノットにて航行中。「ミネアポリス」艦首を喪失し缶室3室に浸水。「ホノルル」は無事と思われる。駆逐艦に関する情報なし

ほとんど7時間が経とうというころに、ライト提督は次のように打電した。

発：CTF67、宛：COMSOPAC、Z時間30日2350時　ツラギより追信：「ペンサコラ」被雷し後部に大火災。「ニューオーリンズ」2番砲塔までの艦首を失う。「パーキンス」「モーリー」損傷なく上記2艦を援護。「ミネアポリス」先に報告のとおり。「ラードナー」「ラムソン」、ティズデールともに損傷（負傷）なし。「ノーサンプトン」よりさらなる連絡なし。「フレッチャー」「ドレイトン」は「フ

レッチャー」より別個に報告。日本巡洋艦1隻の爆発を視認、加えて日本艦数隻を撃沈ならびに撃破。

情報収集中

この文に続けて提督は、受信能力と暗号解読能力が限られていることをかいつまんで述べている。それから数時間後、ツラギに帰投してきた艦の艦長たちと話を照合した末、COMSOPACにさらに詳しく報告した。

敵の損害は次のとおりと信じられる：駆逐艦4巡洋艦2アファーム・プレップ（AP＝輸送船のこと）2アファーム・キング（AK＝貨物船のこと）1沈没。アファーム・プレップ2撃破。巡洋艦1駆逐艦5無傷で離脱。敵部隊は駆逐艦9輸送船または貨物船5巡洋艦3から成るものと推定。敵砲撃は強烈にあらず。セイル・ジョージ（SG）レーダーは極めて有益

これ以上、ライト少将にはできることはなかった。

その後数日間、提督はタサファロンガ沖での出来事を把握し、記述するために、入手できるかぎりの情報源から情報を集めた。実際には敵影も味方の行動も自分の目ではほとんど見ておらず、決定的な瞬間には旗艦が被雷したために何も見えなくなっていた。しかも自分のTBS無線が使用不能に

なっていた間には、どれほど苛立っていようとも、部下の艦長たちがTBSで互いに何を話していたかすらも、知るすべがなかったのである。ライト少将としては、艦長たちが報告書を仕上げる時間ができるまで待ってからでなければ、ハルゼー中将宛に意味のある報告をするわけには行かなかった。何が起こったのか、自分自身が完全に把握していないことは、少将には良くわかっていたのである。

しかし答えを出しておくべき、基本的な問題も確かに存在した。戦闘中、あの場にはどのような日本艦がいたのか？ どのように動いたと考えられるか？ どれほどの損害を与えたのか？ ライト少将は戦闘前と戦闘中、それと戦闘後に入手可能だった情報をすべて集めてまとめ、次のようなリストに整理した。

情報源	情報内容
沿岸監視隊	11月30日午前、ブイン～ファイシ海域から駆逐艦10隻が出撃し、南東方向に向かう
沿岸監視隊	12月1日、巡洋艦2隻と駆逐艦3隻が南東よりブイン～ファイシ海域に到着
ガダルカナル航空隊	11月30日夕方の索敵では敵影なし。12月1日朝の索敵は0820時にガダルカナルより250海里に空母1隻と軽巡1隻が針路300速力25で航行中

SGレーダー	当初2306時に探知したグループには少なくとも8隻。グループ中の一部は大型艦、一部は小型艦
巡洋艦艦載機のパイロット	巡洋艦部隊が最初に射撃を加えた敵グループには少数の大型艦と数隻の小型艦。同時に第1のグループより4～5海里の距離、タサファロンガ寄りの位置に、駆逐艦5～6隻の別グループあり。第1グループ視認の時、これら駆逐艦は南東の針路をとっていたが、砲戦開始とともに北西に針路を転じ、急速に速力を増した
「フレッチャー」および「ドレイトン」	魚雷発射時の目標方位と距離に関する報告から、この2隻は4～5カイリ遠方の目標に雷撃を加えたことがわかる
「パーキンス」	我々が魚雷を発射した敵グループよりもはるか左方（東方）に3～4隻の敵艦からの砲撃の閃光を視認
巡洋艦の報告	隊列後方（東寄り）の巡洋艦2隻は、目標が駆逐艦であると確実に識別。「ペンサコラ」と「ニューオーリンズ」は敵巡洋艦を「最上」もしくは「夕張」と識別。「ミネアポリス」は目標を駆逐艦1隻と確認
「ミネアポリス」からの観測	2328時ごろ、敵艦3隻が巡洋艦部隊の真横、距離約6000ヤー

ドの位置に到達。この時点で「ミネアポリス」が射撃していた目標は、
これら敵艦より少なくとも3海里西方にあり

各種情報
2328時ごろ、少なくとも3本の魚雷が「ミネアポリス」と「ニューオーリンズ」に命中。これら魚雷は左舷（南側）より来たもの。同じころ3本の魚雷が駆逐艦隊列を左舷から右舷へと通過するのが視認される。この時、駆逐艦部隊は巡洋艦の3海里前方にあり。「ニューオーリンズ」が被雷し、左に転じた後、もう1本の魚雷が前方より舷側近くを通過

「ペンサコラ」および「ノーサンプトン」

「ペンサコラ」と「ノーサンプトン」に命中した魚雷は西から来た。

両艦はそれぞれ「ミネアポリス」被雷の10分後、20分後に被雷

「ドレイトン」

「ドレイトン」は2346時ごろ、エスペランス岬付近に敵艦3隻を視認し追尾

巡洋艦艦載機のパイロット
0000時ごろ、戦闘海域のはるか西方に大型艦2隻あり。うち1隻は非常な高速で北西に向かう。もう1隻は数海里後方を激しく煙をあげながら、それより低速で続航

各種情報

２３４５時以降、砲撃停止後には全艦のレーダーが索敵にあたっていたが、どの艦のレーダー・スクリーンにも日本艦は発見できず

「ミネアポリス」

南西数海里に敵軽巡火災、激しく炎上中。重厚な三脚マストをはっきりと視認。砲戦終了後、さらに2隻の日本艦が炎上しているのを視認。１隻は爆発、もう１隻は沈没。その後、船体が折れて転覆した日本艦の横、至近距離を通過。竜骨の見える部分の推定長は３００フィートとも５００フィートとも様々。月が出てから以後は、敵占領下の海岸が明瞭に視認できたが、周辺に敵艦はなく、浜辺にも活動なし

「ノーサンプトン」

経験豊かで信頼できる先任下士官が、サヴォ島南東を救命筏で漂流中に、１隻の潜水艦が近距離に浮上し、識別灯を点灯（白色１灯の上に緑色１灯）、また潜航するのを目撃

情報報告

11月30日１２３０時に、潜水艦１隻がカキンボに到着

「パーキンス」

敵１隻が我が方の魚雷１本の命中を受け、距離４０００ヤードで爆発

各種情報

我が方が射撃中の目標が突如としてレーダー・スクリーン上から消滅

「ミネアポリス」

最初の目標を炎上させ、撃沈。射撃目標を次に移す。これも撃破

「ニューオーリンズ」

第１の目標は、「ニューオーリンズ」などが射撃を加えていた敵駆逐艦。

この目標は沈没。第2の目標は軽巡、もしくは重巡。他の2艦もこの目標を射撃していたが、中止。「ニューオーリンズ」の砲撃中に目標が沈むのを視認。第3の目標は大型船、おそらくは貨物船。「ニューオーリンズ」はじめ数隻の射撃を受ける。激しく爆発。さらに2隻の敵駆逐艦が、我が方の他の艦の砲撃で沈没するのを目撃

「ペンサコラ」　戦闘初期において「最上」級もしくは「夕張」級巡洋艦1隻が猛射を受けるのを視認——沈没と確信。他に巡洋艦1隻大破を目撃

「ノーサンプトン」　味方巡洋艦の射撃開始直後に駆逐艦1隻の炎上を視認。第3斉射が敵駆逐艦1隻を直撃、撃沈する。別の駆逐艦に目標を移すと、敵艦は火災を発し、視界から消えた

「ホノルル」　駆逐艦2隻を射撃、沈没を視認

「モーリー」　砲戦中に日本艦1隻が炎上しているのを視認。「ホノルル」が敵1隻に猛射を加えるのを目撃。1隻が二つに折れ、沈没するのを目撃

「ラードナー」　巡洋艦が砲撃を開始してから数分後、当初巡洋艦が射撃していた敵艦より若干東に日本艦3隻を視認。これらはなおも東に向かうと見られたが、他の敵艦は停止もしくは西に転じた

可能な限りの措置を講じて、各艦のツラギでの安全が確保されるや、ライト少将と幕僚はすぐにＰＴボートでルンガ岬へと移動し、すぐさま空路エスピリッツへ向かい、無傷で残っていた唯一の巡洋艦「ホノルル」に将旗を移した。この措置によって、何が起こったかをつきとめるのに、次席指揮官のティズデール少将と協力しあえるようになり、これもまた二人の提督が一緒にいることの利点であった。急を要する用件を片付けて、充分な睡眠を取り、頭脳が明晰になってくると、ライト少将はすぐに幕僚を呼んで、戦闘報告の作成にとりかかった。部下からの報告が上がってくるのを待つ間に、ライト提督は自分の考えをまとめ、通信記録など分析に必要な資料を幕僚たちに集め

図１

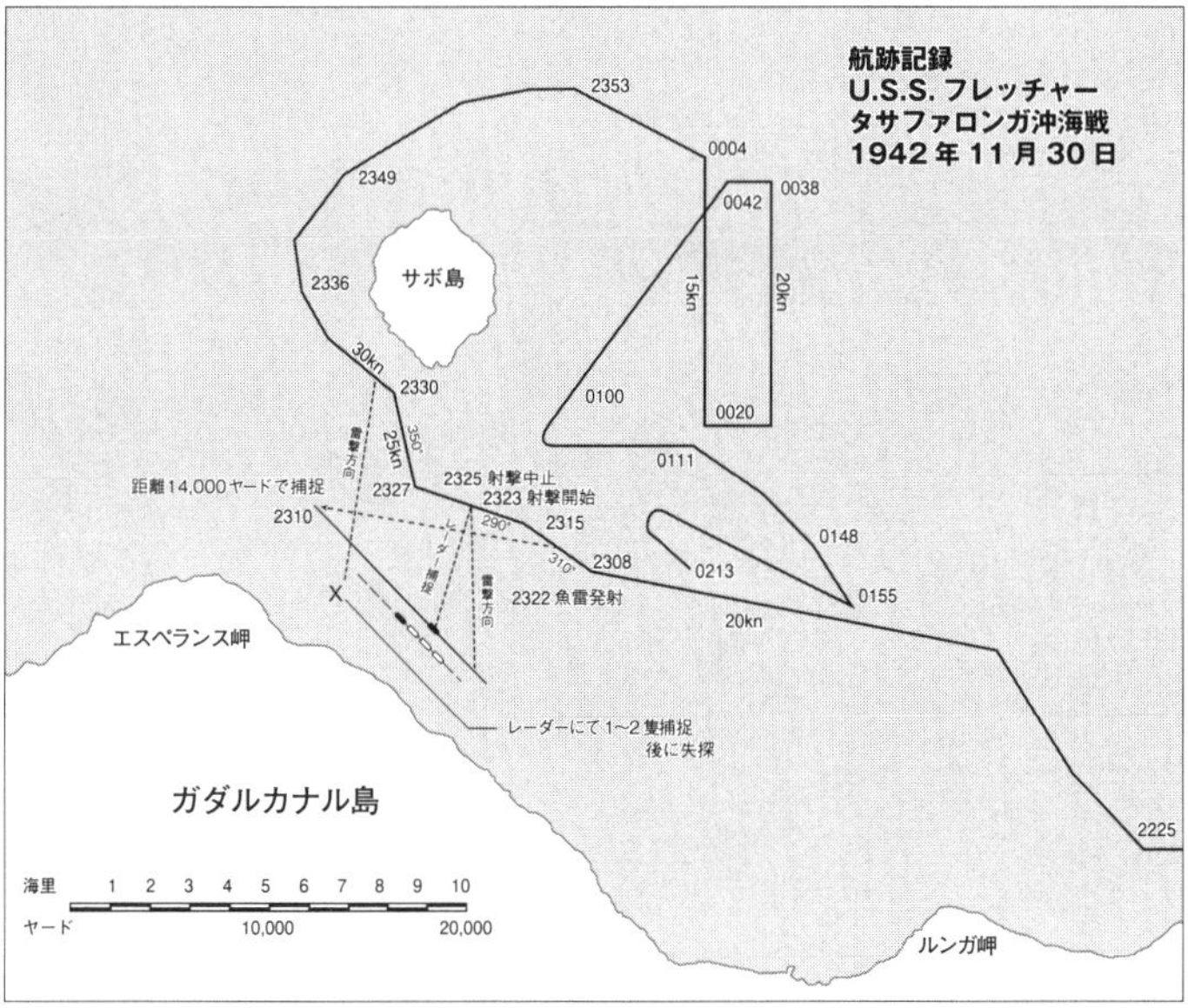

させた。各艦の戦闘報告を受領すると、それを詳細に検討し、その中で述べられている出来事や目撃事例を他の報告書と比較した。こうして一片一片の情報から、ライト少将は実際に起こったことと海戦の全体像についての理解を深めていったのである。

出来事を描写するのに言葉も役に立つが、時として図の方が良いこともある。図1の「フレッチャー」の航跡図は、ライト少将指揮下のどの艦のものよりも、戦闘の状況を明瞭に描き出している。これには全部で5隻の敵艦が南東寄りの針路をとっていることが描かれており、アメリカ側の先鋒の駆逐艦部隊がサヴォ島をまわって南に向かい、アイアンボトム海峡を探っていく航跡も示されている。「ミネアポリス」は初期段階で戦闘からたたき出され、そのまま復帰できなかったが、同艦のSGレーダーはそうならなかった。「ミネアポリス」のレーダー士官E.C.キャラハン大尉は、艦首を吹き飛ばされてから間もなく、レーダーの機能を回復させ、その後の戦闘を格好の位置から観察できたのだった、キャラハン大尉の詳細な報告書は、艦長ローゼンダール大佐の報告書の一部として添付されたばかりでなく、ローゼンダール大佐自身の結論の多くの部分の根拠ともなった。キャラハン大尉の作成した2枚の航跡図を、図2と図3として掲載しておく。航跡図①では合計6隻もの敵艦が示されているが、航跡図②では5隻を数えるのみである。

ライト提督は多大な努力の末に分厚い戦闘報告書を書き上げ、12月9日に急送便でCOMSOPACに送付した。これには戦闘に参加した部下の指揮官や各艦の艦長たちの報告書も同封されていた。戦

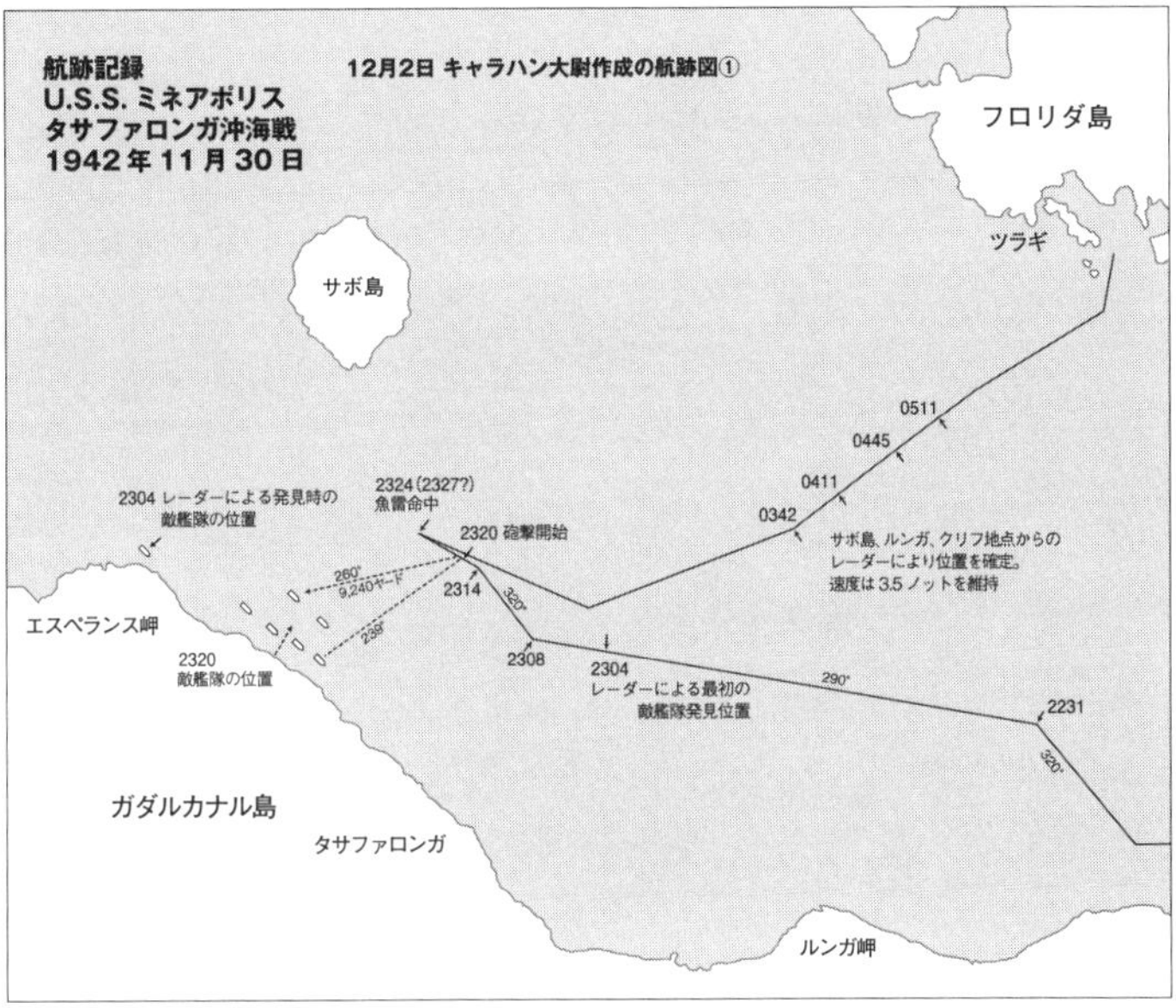

図2

闘報告書にはまず自分の任務部隊の編成と海戦に至るまでの出来事が記されていた。それからひとつひとつ順を追って、受信した通信文や立案していた作戦計画、部下に与えた指示、時系列に沿って自分の取った行動を記述していった。航跡図では戦闘海域への進路と戦闘中の部隊の運動を示し、自身の目と部下たちが見た戦闘状況を時系列に従って説明した。さらに全艦が戦闘後にとった行動について概要を述べ、指揮下の艦が被った損害も報告した。

ライト提督の報告書の中で、敵艦について記している部分を抜粋したのが次の文章である。

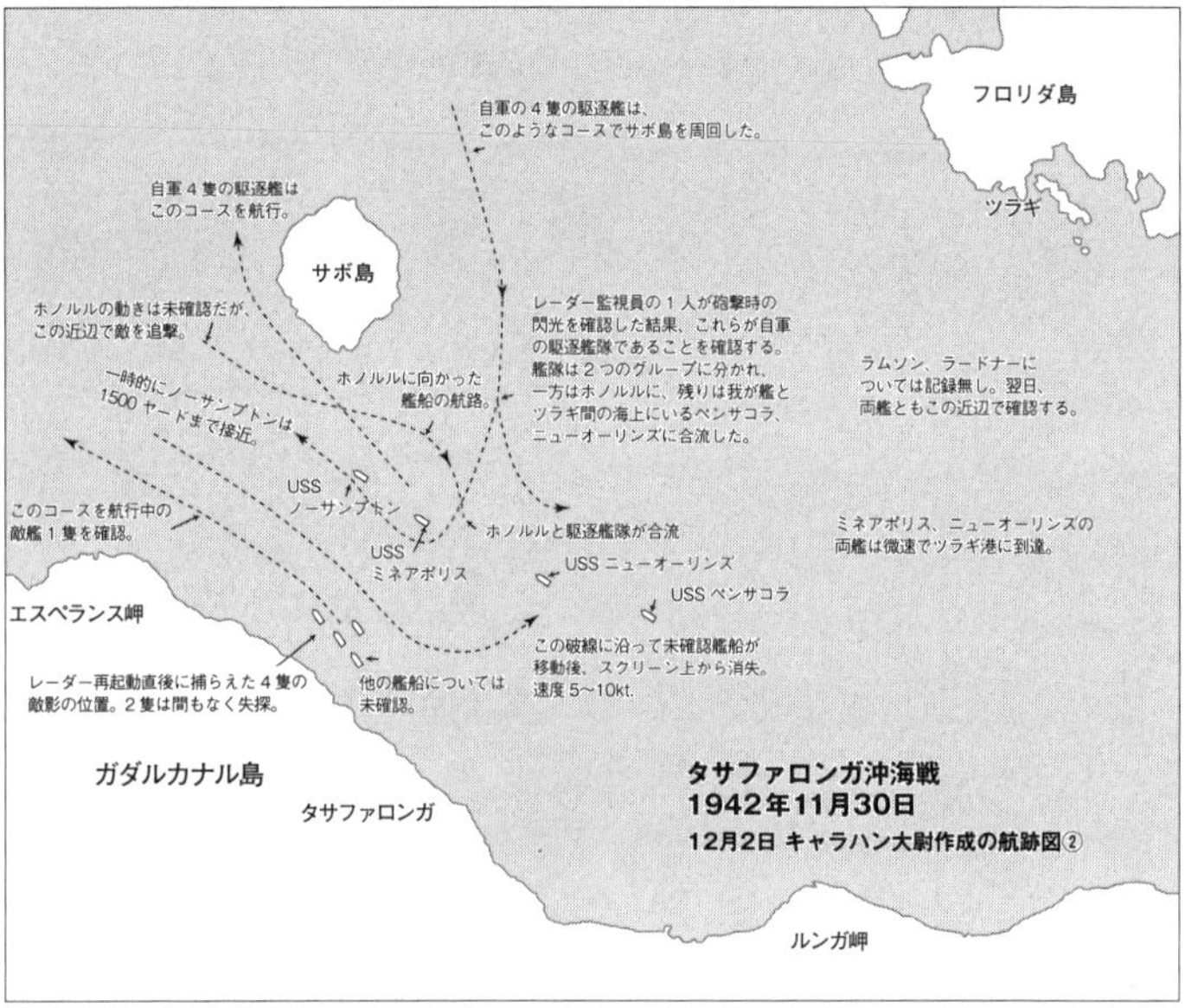
フロリダ島
ツラギ
サボ島
自軍の４隻の駆逐艦は、
このようなコースでサボ島を周回した。
自軍４隻の駆逐艦は
このコースを航行。
ホノルルの動きは未確認だが、
この近辺で敵を追撃。
レーダー監視員の１人が砲撃時の
閃光を確認した結果、これらが自軍
の駆逐艦隊であることを確認する。
艦隊は２つのグループに分かれ、
一方はホノルルに、残りは我が艦と
ツラギ間の海上にいるペンサコラ、
ニューオーリンズに合流した。
ホノルルに向かった
艦船の航路。
一時的にノーサンプトンは
1500 ヤードまで接近。
ラムソン、ラードナーに
ついては記録無し。翌日、
両艦ともこの近辺で確認する。
USS
ノーサンプトン
このコースを航行中の
敵艦１隻を確認。
ホノルルと駆逐艦隊が合流
USS
ミネアポリス
USS ニューオーリンズ
ミネアポリス、ニューオーリンズの
両艦は微速でツラギ港に到達。
USS ペンサコラ
エスペランス岬
この破線に沿って未確認艦船が
移動後、スクリーン上から消失。
速度 5～10kt.
レーダー再起動直後に捕らえた４隻の
敵影の位置。２隻は間もなく失探。
他の艦船については
未確認。
ガダルカナル島
タサファロンガ
タサファロンガ沖海戦
1942年11月30日
12月2日 キャラハン大尉作成の航跡図②
ルンガ岬

図３

敵勢力――構成と行動

27　本戦闘に参加した日本軍兵力の構成、あるいはこれら敵部隊が用いた戦術、または敵が被った損害については、正確な観測が諸条件により妨げられたため、あらゆる努力にもかかわらず的確な判定を下すことは結果的に不可能であった。戦闘の当夜は非常に暗く、上空は完全に靄に覆われていた。海上の視程は４０００ヤード以下であったが、敵水上艦艇との距離が６０００ヤード以内となったことはなかった。戦闘海域への進入の間にも、および我が方の魚雷発射の際にも、砲戦の開始段階においても、敵艦は視認されていたことはなかった。それ以後に敵艦が個別に視認された際も、星弾や炎上中の艦船が出現した場合に、短時間、間歇的に見えたに過ぎない。それに加えて、何かを視認した者もだれ一人として書き記したり、目撃時刻を記録したりしなかった。その結果、各報告書の時刻の記録はすべて疑問の対象となっている。

28　戦闘を視覚的に描写しようとする上で、あるいは各観測者が戦闘の進展を再構成する際の困難を理解する上でも、ＳＧレーダーには装備艦周辺の目標の全般的な状況と、または何かひとつの目標の正確な方位／距離との、どちらか片方を示す能力がある、という点を思い出しておくことが有益であろう。ただしこれら二つの能力は同時に発揮されるものではなかった。各艦のＳＧレーダーは必然的に、装備艦の目標の方位と距離の測定に相当時間専念しなければならなかったため、急速に進展する全般状況の観測は継続的には行なわれていなかった。

29　「ミネアポリス」と「ニューオーリンズ」を行動不能に至らしめた雷撃は、その詳細な分析を試みたものの、まったく不明瞭な結果となった。投入された魚雷の本数（両巡洋艦には少なくとも３本が命中し、それとほぼ同時刻には、後衛の駆逐艦部隊の隊列の間を少なくとも３本が通過している）と、広範な散開状況（２隻の巡洋艦は、相互に１０００ヤード離れていたが同時に被雷しており、その他の魚雷の航跡が巡洋艦部隊の前方３ないし４０００ヤードを横切っている）ことから見て、今回の攻撃が1隻の潜水艦単独のものという可能性は除外されると考えられる。砲戦開始前および砲戦中に視認された敵水上艦艇の位置から考察すると、我が軍のものと同様の速力／駛走距離特性の魚雷では、存在が観測されたどの敵駆逐艦もしくは巡洋艦から発射されたとしても、我が方巡洋艦の位置に命中時刻には到達しえなかったと思われる。

30　戦闘に参加した敵兵力や、その行動がいかなるものであったか、どれほどの損害を被ったかなどの点に関して、実際に判明しているのがどれほどわずかであるか、『入手可能情報の概要』を見れば理解されよう。

31　このような条件下において、入手できた証拠に抵触せずにもっとも合理的な仮説を打ち立てることが、成しうる最善のところであろう。これを原則として、敢えて以下のごとく私見を述べることとしたい。

（a）2315時ごろ、日本水上部隊は補給物資および／もしくは兵員の揚陸の意図をもって、ガダルカナル島の日本軍占領地域に向かい、エスペランス岬とタサファロンガの中間を速力17ノットにて、南東の針路で航行中であったとする。

（b）複数の日本潜水艦がほぼタサファロンガ〜サヴォ島の線に沿って配置され、当該海域にあったとする。

（c）日本水上部隊は少なくとも2個グループとして行動し、先頭の、もしくは東側のグループは駆逐艦5ないし6からなり、後方グループはおよそ巡洋艦4および駆逐艦4ないし5からなっていたとする。

（d）日本側にはおそらく戦闘艦艇以外の艦船はなかったとする。

（e）我が任務部隊の存在はおそらく察知されていなかった、少なくとも我が方が射撃を開始する直前までは知られていなかったとする。

（f）我が方の砲撃開始とほぼ同時に敵巡洋艦は北寄りに転じ、2隻が大破した時に残余は北西方向に脱出したとする。

（g）敵駆逐艦のすべてでないにせよ、大部分は戦闘海域にとどまり、我が巡洋艦部隊に雷撃を加えたとする。また少なくとも3隻は残存して魚雷の射点についたとする。

（h）「ミネアポリス」と「ニューオーリンズ」が行動不能になったのは、おそらく敵駆逐艦から発射された魚雷によるものとする。

（i）我が部隊の西方にあった正体未確認の艦艇群は、おそらく脱出しようとする敵巡洋艦とも、あるいは幸運にもその位置についた敵潜水艦1隻ないしそれ以上とも考えられるが、その艦艇が遠距離で発射した魚雷が、単なるまぐれ当たりで「ペンサコラ」と「ノーサンプトン」に命中したものとする。

両巡洋艦は損傷した味方艦を避けようと回避運動をし、その進路は魚雷発射の時点では予測できなかったはずである。

（j）敵の物資および兵員は、ガダルカナル島北岸には陸揚げされなかったとする。ただしおそらく若干の兵員は島に泳ぎついたであろう。

（k）日本側の損害はおそらく軽巡洋艦2隻ならびに駆逐艦7隻であるとする。

我が部隊の成績

32　我が駆逐艦の魚雷は極めて遠距離で発射され、必ずしも非常に有効であったとは考えられない。本官は駆逐艦「モーリー」「ラムソン」「ラードナー」の各艦長が、目標を識別してレーダーで追尾できるようになるまで魚雷発射を控えた行動を全面的に支持するものである（これらの艦はSGレーダーを装備していなかった）。また駆逐艦「ドレイトン」の艦長が、レーダー追尾の結果から有効射程内に適切な目標を発見できなかったために、ひとつの目標に2発のみを発射し、もうひとつの目標に4本を発射した行動にも支持を与えるものである

33　我が巡洋艦の砲撃の成績は優秀であった。発射した砲弾の量は強烈であり、敵艦に大損害を与

えた。敵巡洋艦が被弾しつつある際に、気づかれぬまま北西方向に転針したと思われる2隻を除き、射撃を受けた敵グループのいずれかが逃れえたとは考えにくい。かくなる状況下の砲戦において結果を得るには、目標の射程や位置、弾着観測などに関してレーダー情報に多くを頼らねばならず、非常に高水準の射撃技量が必要とされる。吊星弾は相当程度に効果があったと見られるが、星弾が有効な位置に発射された場合にも、煙によって視界は大きく制約されることとなった。

ライト少将はこれら重要な数節に続けて、「将兵の成績」と題して数節を充て、その中で「我が部隊の士官および兵員の成績は、これ以上何ら望むべくもないものであった」と報告しており、次席指揮官ティズデール少将については、「すべての行動を留保なく」支持し、大破した4隻の巡洋艦の艦長に関しても「自らの艦を被雷させたといういかなる叱責からも」責任はないとしている。損傷した艦の乗組員には、見事に艦を無事基地まで持ち帰ったことを称賛し、結局空しく終わったものの、「ノーサンプトン」の乗組員が艦を救おうと必死の努力をしたことについても、かくも多くの生存者を救助した「フレッチャー」と「ドレイトン」の艦長の技量も、高く評価している。

さらに提督は通信の有効性について述べ、とくにTBS無線の脆弱性と制約を強調している。報告書では識別灯がうまく働いたことに触れ、非常時用に電池で点灯する識別灯の必要も示唆した。また無線システムの機器に数々の不具合があったことを詳細に報告しており、さらなる改良を進言している。

レーダーに関しては、ライト少将はSGレーダーを極めて誉めているが、その画面と情報が指揮官から兵器システムまでのあらゆる段階で同時に必要とされるため、リピーター装置を設ける必要性を力説している。それに比べて、射撃指揮用のFCレーダーについては、とくに弾着観測能力において、あまり満足を示していない。これに追加して、夜戦においては個別識別能力のあるレーダーが不可欠であると、力を込めて記している。

巡洋艦の艦載機については、カーチスSOC観測機が時間どおりに現場に到着しなかったために役に立たず、さらに座礁した船の残骸に誤って照明弾を投下するなど、無残な成績であったことに触れている。それをライト少将は次のように要約した。

48　我が方の艦載機は、本戦闘の進展に何ら影響を及ぼさず、しかも「ミネアポリス」と「ニューオーリンズ」では航空燃料のガソリンの存在が艦を危険にさらすこととなった。我が海軍の10000トン巡洋艦がこれまで南太平洋方面で経験した種類の作戦においては、航空機搭載のために忍ばなければならない代償、すなわち火災の危険や余分の重量、対空火器の装備位置として望ましい場所が塞がれることなどは、艦載機の価値を大幅に上回るものである、という意見を本官は保持する

続く数節は、ガダルカナル島岸に沿っての機雷使用の可能性や、島への接近路への機雷敷設の提言、航法上の問題点、同島付近のより詳細な航法情報の必要性について充てられた。その後に、次のような注目すべき一節がある

夜戦に適した巡洋艦の種類

53　軽巡「ホノルル」の砲撃は、その弾量も精度も非常に際立つものであった。サヴォ島周辺において我が巡洋艦はこの種の夜戦を幾度となく戦ったが、これには10000トン級6インチ砲搭載巡洋艦1隻が、10000トン級8インチ砲搭載艦の少なくとも2隻に匹敵すると思われる。

この後ライト少将は、ティズデール少将の戦闘報告書の以下の部分に触れている。

12　巡洋艦部隊中唯一の10000トン級6インチ砲艦の「ホノルル」が、やはり唯一被雷を免れた艦であったということは、まず第一に戦場の運というべきであろう。しかしながら同型の「ヘレナ」がこれに先立つ2回の夜間戦闘でもわずかな被害しか受けなかった、という事実を見れば、この型の艦が夜戦において重巡に比して何らかの点で有利である可能性も示唆されよう。同型の「ボイジ」が第2次のサヴォ島海戦で損傷を被ったことは、この仮説を粉砕するものであるともいえる。既知のと

おり、「ボイジ」は探照灯を用いたが、「ヘレナ」は照明せず、「ホノルル」は吊星弾を用いている。しかしながら、いずれの艦も主砲の発射によって自艦の姿を照らしだされており、実際の砲戦中にどのような方法で照明を行なったかによって、損傷するか無事かが大きく左右されるとは、本職任務部隊67.2.3司令としては考えにくい。また結果がすべて運や偶然によるものとも言い難い。あるいは、軽巡の艦長や乗員が必ずしも、重巡の艦長・乗員よりも熟達し、良く訓練されているとも考えられない。しかし上記の実例において、次の二つの要因に関しては充分に検討を加える価値があろう。第1に、このクラスの巡洋艦に本来的に備わっていると思われる、運動中の高い射撃精度。第2に、このクラスの火力。「ボイジ」と「ヘレナ」の報告書は本官の手元にはなく、研究することができなかった。何らかの意義があるものと考えて、本考察を提示するものである。

ライト少将はこれに対して、こう付記している

本官は答えを知らない。

ライト少将は、大部の報告書の結論として、さらに多くの時間を訓練、とくに射撃訓練に当てることと、部隊の統一性を高めて、各艦長や乗組員の間にチーム・スピリットを育て、相互の協力に慣れ

るようになることを希望している。

十日後、少将はさらに覚書を送り、そこに以下のような追加情報を盛り込んだ。

（a）我が方ではどの艦も探照灯は使用しなかった。

（b）日本側でも探照灯はまったく用いられなかった。日本軍の吊星弾で目撃されたものは少数だが、前述のようにいずれも緑がかった色調であった。

（c）全期間を通じて本官が視認した探照灯はただひとつ、ルンガ岬の陸上に設置されていたものであった。これは非常に強力で、何海里もの距離からも目撃できた。「ホノルル」が0015時ごろ、サヴォ島北東に向かっていた時に視認したものは、この探照灯であったと思われる。

（d）「ニューオーリンズ」の被雷のしばらく後（2335時ごろか？）、同艦に対して行なわれた駆逐艦の攻撃とおぼしきものは、実際には攻撃ではなく、「ニューオーリンズ」は「ラードナー」を視認し、これに射撃を加えたと考えられる。本官自身、この時に我が方の1隻、「ニューオーリンズ」と思われる艦が北東方向に40㎜機関砲を発射するのを目撃している。「ラードナー」は40㎜機関砲の射撃を受けたことを報告している（40㎜砲の曳光弾は容易に識別できる）。

（e）我が方の各重巡洋艦は雷撃により火災を生じたが、実際上、本当に炎上した物質はガソリンや燃料油、ディーゼル油であったと考えられる。「ペンサコラ」と「ノーサンプトン」では弾薬が爆発したが、これは激しい火災の熱により誘爆したものであった。過去において致命的となった種類の火災——塗料、寝具、衣服など各種の可燃物によるもの——は、どの艦にも発生していない。

ライト少将は、可燃物の徹底的な除去を命じた指示を今後も緩めないよう、太平洋艦隊司令長官に進言して、報告書を締めくくっている。

カールトン・ライト少将には、任務部隊司令の任にある時間ももはやわずかしか残されていないことがわかっていた。提督は、4隻の巡洋艦を行動不能にされたのと引き換えに、こちらも砲撃で日本軍に大きな損害を与えたと信じていたが、それを実証することはできなかった。多少の齟齬はあったものの、ライト少将としてはこれまでの経験や己の判断の最善を尽くして、海戦を戦ったつもりだった。しかし、それでも彼の部隊は打ちのめされてしまい、これほどの損害はとても忍び難いものであった。この報告書は戦闘部隊指揮官としての最後の仕事となるはずだったが、これに記された情報によって将来の敗北を防ぐことができると思うと、大至急送付しなければならないところであった。どこで失敗したのか、なぜ失敗したのか、それはわからなかったが、ライト少将は報告書を送付し、太平洋の戦いの表舞台から退く支度を終えたのだった。

5
The Endorsements

第5章 裏書

12月13日、南太平洋方面司令官ウィリアム・F.ハルゼー中将は、太平洋艦隊司令長官チェスター・W.ニミッツ大将に宛て、ライト少将からの報告の先行版を発送した。彼が報告書を受領したのはその当日で、正式な所見と裏書は後から追加するつもりで、一切コメントをつけずに転送している。

ニミッツ提督は1943年2月15日付で、米海軍作戦本部長アーネスト・J.キング大将に対し、自らの報告書簡をライト報告に添えて発送した。12月から1月に起こった重要な出来事も含め、彼には後知恵の利というものがあったし、自分の報告書を用意する段階で第67任務部隊司令が利用できなかった情報源を役立ててもいた。その冒頭の4節は以下のとおり。

1　1942年11月30日夜、日本軍は同月中旬の決戦以来はじめてとなる、重要なガダルカナル島増援の企図を持って再出撃した。C・H・ライト少将指揮下の第67任務部隊はこれを揚陸完遂する以前に攻撃し、わが艦隊に甚大な損害を出しつつ敵を遁走せしめた。2週間前の敗北に続く本戦闘をもって、明らかに日本側に対し、ガダルカナルへの重要な増援に関するあらゆる望みの暫定的放棄、および、同島までの航路を援護すべき飛行場を建設する間、潜水艦、あるいは場合により駆逐艦を用いて行なう小規模補給に自らを制約させることの認容を強いたのである。

2　第67任務部隊は敵に対し以下の損害を与えた。
撃沈――駆逐艦4（「高波」他3）
撃破――駆逐艦2

3　我が方の損害は以下のとおり。
撃沈――「ノーサンプトン」
大破――「ペンサコラ」「ニューオーリンズ」「ミネアポリス」
戦死・行方不明は士官19名、下士官兵398名

4　いかなる敵部隊が戦場にあったか明白でない。情報部からの資料で最良のものによるところでは駆逐艦8隻、うち6隻が輸送任務。大型潜水艦および小型潜航艇も同海域にあったものと思われる。各艦の報告書をもとにした仮定戦況の中で目を引くと思われるのは、敵巡洋艦と特務艦船ないし輸送船の撃破に関する言及がある点である。情報部報告と矛盾しているため、これらは実際には駆逐艦であったと推測されている。

これらに続いて、戦闘に至る背景や成り行きについて、本書でこれまでに扱った内容より概略化した程度に追跡調査した各節があり、その次に以下の項目がある。

24　第67任務部隊司令は、南太平洋方面司令官から得た最初の情報を補完するべきいかなる触接報告も受けなかった。ガダルカナル島からの特別哨戒を含む11月30日の航空索敵は、そのことごとくが、好天と索敵区域の全域カバーにもかかわらず、敵艦の接近を一切探知できなかった。当日において彼が得た追加情報は、実効性のない索敵報告、すなわち29日夜ブインより駆逐艦12隻出撃という沿岸監視隊からの報告、および敵艦隊は駆逐艦のみで編成されている可能性ありという南太平洋方面司令官からの至急電であった。

25　交戦中にいかなる敵艦が実在したかは、今なお定かでない。第4項にて示したあらゆる推定は、当面のところ以下の情報を基にされるべきであるが、その大半は11月30日夜の時点で第67任務部隊司令が利用できなかったものである。

a）ブイン〜ファイシ地区の沿岸監視隊は、11月29〜30日夜に駆逐艦12隻が錨地を離れたと報告。これはブイン地区で比較的短期間視認された、最大数の駆逐艦であった。11月30日におけるこれらの所在を示す記録はない。我が方の西または東側索敵圏外にあったか、ガダルカナル島への航路上の港湾で潜伏していた可能性もある。

b）11月30日1300頃、我が方の索敵機1機がトノレイで駆逐艦6隻、同地区内で輸送船11隻を発見。この駆逐艦は索敵機という障害要素が解除された後で、同夜タサファロンガに到達した可能性がある。

c）11月30日、ブインの真東で第8艦隊司令官と思われる方位探知活動あり。同夜のガダルカナル進出か遠隔支援のいずれかの準備で洋上にある艦隊の、推定位置を示している。

d）30日遅く、大型特設水上機母艦（当初報告では空母）が駆逐艦5隻とともにトノレイ着

e）サヴォ島沖での戦闘は、日本側が確保している沿岸地帯の至近で交わされた。日本側の生存者多数が自軍側の海岸に漂着したものと推測されるであろう。救助したわずかな捕虜は、駆逐艦「高波」

の乗員で、補給物資輸送中の5隻（のち7隻と改める）の1艦であり、他に艦はなかったと証言。その後の自白によると、捕虜のうち3名は「菊月」乗員で、物資輸送で存在した駆逐艦8～10隻の1艦であったという（「菊月」はいくつかの接収文書では、1942年5月4日ツラギにて沈没と記してある）。

f）日本艦隊は複数のグループで接近してくるのが慣例となっていた。11月30日夜のサヴォ島沖には日本艦3グループがあり、中央隊は7隻でSGレーダーはそのうち1隻しか探知しなかった形跡が強い。

g）我が方の艦上の若干数、及び漂流中の1名の各観察者は、巡洋艦と輸送船を見たと明確に主張している。

h）我が方の索敵機が発見したガダルカナルより避退中の艦は、0823時、距離250海里の空母1隻、駆逐艦1隻のみである。

i）12月2日日中、沿岸監視隊の報告によるとブイン地区に駆逐艦9隻、給油艦・輸送船各種あり。

j）翌朝駆逐艦18隻があり、うち11隻が南東へ向け出撃。同日遅く重巡3隻入港し、数時間在泊後東方へ出動した。

このあと太平洋艦隊司令長官の報告書は、やはり本書でこれまでに扱った内容より概略化した程度に、各艦の報告書をもとにした戦闘の仮定状況を続けたうえ、以下の諸項目で完結する。

所見及び結論

54　サヴォ水道のような狭隘な水域における大型艦の作戦行動は、重大な敵の脅威への対抗手段として使用可能なものが同種艦以外にない場合を除き、好ましくない。敵の魚雷攻撃に対し不利な場所であるだけでなく、レーダーの効力が著しく減殺され、本装備における目下我が方が持つ著しく貴重な優位が失われかねないのである。今般の戦闘においては、敵の動向に関する初期段階の情報が欠如していたため、南太平洋方面司令官より第67任務部隊司令に対し、特定時刻にレンゴ海峡を通過しサヴォ島南方に到着するよう要求する必要があったと考えられる。そうではなく、ガダルカナル島西方に接近しサヴォ島北方で迎撃を実施するほうが、部隊としては望ましかったであろう。このエリアにおいて、敵は今回のような作戦に備え、軽快艦艇による前衛部隊を配置するものと思われる。現今ツラギに配備している駆逐艦及びPTボートの打撃部隊をもって、我が方の任意の位置における敵部隊迎撃が遂行可能のはずであり、巡洋艦が損傷するよりコストも下回る。

55　ガダルカナル及びブトン（エスピリッツ・サント）からの航空索敵は、ガダルカナルを出入りする敵艦について一貫性のある情報を提供できなかった。わが軍の索敵における時刻および境界の設定を見極めた日本側は、チョイセル島北方からニュージョージア海峡をまっすぐ南下しニュージョージア島南方を通るルートによって（そして恐らくは秘密錨地を巧妙に用い）、その索敵を回避する運動をとった。彼らは航空機の探知を受けることなくガダルカナル島に到達し、そこから避退しおおせたのである。ガダルカナル——ツラギ基地の設備増強、およびB-17とPBYによる同地域の索敵部隊が設立されたことにより、わが索敵網の効力改善が可能となったはずである。

56　任務部隊司令は、触接後ただちにレーダー効率をコンディション1（使用制限完全解除）に移行した。この理想的手順はすべての戦闘で継承されるべきである。

57　本戦闘は、すべての大口径砲に対する無閃光装薬の緊急的必要性を際立たせている。わが部隊に4000〜6000ヤード以下まで接近した敵艦はなく、星弾照明を受けるか被弾炎上したもの以外に視認された艦もない。現時点では推定だが、敵は我が方の発砲の閃光を追従することによって、陣形の特定と効果的な魚雷射線の発射が可能となった。無閃光装薬のペレット（訳注：装薬用としての便宜上、適当なサイズに固められたもの）は、数ヶ月の期間にわたって少量を受領していたが、その生産促進が求められる。

58　日本側は、わが艦からのレーダー、目視双方による観測の効率を減衰させる、ガダルカナル島の陸地を背にする利を活用した。第67任務部隊司令の作戦計画では、敵が持つこの優位を無効化すべく、航空機による照明弾照射を用意していた。しかし弱風のため、航空機は指定時間のツラギからの離水に遅延をきたし、結果として戦闘の大半が終息するまで交戦水域上空には到達しなかった。うち1機は経路上において擱座中の船の残骸を敵艦と誤認報告し、照明弾投下を命じられた。その結果、付近の我が損傷艦が秀逸なイルミネーションに後ろから映し出されて狼狽する事態となった。

59　駆逐艦の雷撃距離は過大であった。当夜の魚雷発射距離4000~5000ヤード以上は容認しがたい。わが駆逐艦は巡洋艦隊前方の好適な位置に配されており、攻撃前に4000ヤード以下の距離まで接近可能であることを認知していたはずである。魚雷発射と同時に星弾発射を行なったため、彼らは奇襲のチャンスを完全に取り除いてしまった。

60　SGレーダーは今回も、索敵・射撃の双方において効果絶大であった。後背陸地からの反響によって目標の反射波が遮蔽されるため、他のレーダーを用いて目標を探知できた艦はほとんどなかった。この秀逸なレーダーなくしてわが部隊は、敵の動向をほとんど認識できなかったであろう。本機種はきわめて多用されるため、全戦闘艦艇への普及が完了し次第、大型艦艇に対し予備機を供給すべきである。また、PPIサーチ用遠隔中継装置（リピーター）の生産に高い優先度を与えるべきである。

61　「ニューオーリンズ」の艦首と1番砲塔を破断させた極めて激しい爆発の結果、同艦の前部FCレーダーとTBSは使用不能となった。SG型を含むその他のレーダーは作動状態をとどめ、これらに対して適切な耐衝撃架台の付与が可能であることを実証している。このような極めて厳しい状況下において、他艦のレーダーは衝撃で故障を起こしているが、「ニューオーリンズ」のレーダーが示した頑丈性は、太平洋艦隊整備部（the Fleet Maintenance Office, U.S. Pacific Fleet）が規定した効果的な耐衝撃措置の結果であると考えられる。

62　第67任務部隊司令は付記（A）において、衝撃被害を抑制するための連絡設備に関し多くの改善点を推している。

63　今回のような沿岸近接戦闘に対しては、PTボートが著しく適合している。11月30日当時ツラギにあったPTボート16隻は、駆逐艦の雷撃を補助し良好な効果を及ぼすことが可能であったが、識別誤認の可能性があるため港内待機を命じられた。この危険は、艇隊に対し我が大型艦から離れた作戦・

避退水域を指定することで軽減が可能であった。

64　いかなる夜戦においても、味方識別は関心事であり、往々にして混乱のもとでもある。現在のわが識別灯は有用ではあるが、ほぼ自軍と同様に敵側の役に立つ場合もしばしばである。赤外線または電波式識別装置の搭載が促進されるべきである。

65　本戦闘では巡洋艦搭載機が発艦済であり、そのほか以前の交戦における火災原因は大幅に解消された。巡洋艦の一部で発生した大火災は、魚雷の爆発による燃料重油と航空ガソリンの発火によって引き起こされた。

66　ソロモンおよびビスマーク群島の制約的水域は、触発・感応の両形式による攻勢的機雷戦の機会を数多く提供する。水上艦艇および航空機からの機雷原敷設作戦を目下計画中である。第67任務部隊司令が提案した、日本艦隊が補給物資や増援兵力を揚陸するガダルカナル北岸一帯もその位置に含まれる。本戦闘において、敵部隊は陸岸きわめて至近にとどまり、肉眼及びレーダーによる探知を困難とした。このような戦術への対抗策として、機雷敷設は有効であったと思われる。

67　「ミネアポリス」を救った要因のひとつとして、本戦闘直前の真珠湾におけるオーバーホール期間中に受領した、沈下式電動ポンプとガソリン駆動式携帯排水ポンプがあることが留意される。動力つきの排水・消火用ポンプは、すでに沈没したわが艦艇の多数を救った可能性がある。

68　本戦闘は、ＴＢＳが持つ先天的危険性についてさらなる実例をもたらした。我々は過去の戦闘から、日本側がＴＢＳ通話を傍受し有利を得ていたことを認知している。11月30日夜の射撃開始前、前衛駆逐艦隊先任艦長と第67任務部隊司令との間の雷撃開始にかかわる会話など、わが部隊内には最初のレーダー触接時刻以降いくつかのＴＢＳ通信があった。その一部が敵に傍受されていた可能性がある。日本軍捕虜は、わが艦を射撃開始以前に視認していたこと、艦隊が縦列をただちに解散させたことを供述している。実際上の視界条件からして、艦が肉眼で視認されていたというのは信じがたいが、ＴＢＳ通信の傍受はまさしくあり得ることである。

69　太平洋艦隊司令長官は、「訓練と編成」の点において第67任務部隊司令の所見に同意するものである。性急な任務部隊の指揮官と所属艦艇の変更、各分隊相互の艦艇異動は、平時の訓練を通じて追求された、指揮官による部下の思想的教化の発達を妨げていた。たとえば本戦闘において、４隻の前衛駆逐艦は１部隊として協同作戦を行なったことがなく、駆逐隊司令もいなかった。後衛駆逐艦２隻は戦闘直前の段階で、護衛任務を離れて第67任務部隊の後尾についた。これらの不備は巡洋艦と駆逐艦の不足が招いた結果であった。現在、太平洋艦隊はより多くの艦を運用可能となりつつあり、このような欠点の是正と、適切な編成継続の保持が望まれる。

70　関連問題として、艦隊に加入する新造駆逐艦の準備状況が容認可能な基準を下回っている。対潜訓練をほとんど受けておらず、射撃演習は不適切、レーダー訓練も粗雑で、魚雷を一度も撃ったことがない例もある。これら新来の駆逐艦がこのような状態を強いられている事情は、周知のものであって、現在は改善されている。

71　もっとも損害を被る敵の兵器は魚雷である。機械的によく作動するものと見られ、もっとも威力のある炸薬を搭載している。駆逐艦と巡洋艦はその運用技術を積んでいる。その一方で、わが駆逐艦の強大な攻撃力、すなわち魚雷が効果的に使われた夜戦はない。この失態は、既述した駆逐艦作戦上の不備から来ている部分もあるが、大部分は単艦および小隊雷撃訓練の欠如の結果である。分隊及び任務部隊の指揮官が、全駆逐艦による雷撃訓練の機会をいっそう多くとることを期待する。

72　わが軍のどの形式の魚雷も、充分な致命性がない。この重大な不備に早急な対応が要求される。

73　この部隊の将兵は大半が緒戦からのベテランであり、敵との戦いにおける勇気と錬度だけでなく、火災と被害との戦いにおいても、自らが定めた高い規範を実践した。「ノーサンプトン」の救助にあたり実行した以上のことは何もできなかったし、実行した以下のことがあれば他の損傷巡洋艦は失われていた可能性があると信じる。

74　今般の交戦における作戦命令は単純明快であり、着想も良好であった。照明担当機が計画時刻に到着しなかった点、雷撃前のＴＢＳ通信、および雷撃実施時の射距離過大を除き、戦闘指揮は適切であった。ライト少将は麾下部隊を、決然と、かつ巧妙に率いて戦闘しており、奇襲雷撃を忌避するため許されるべき距離で射撃を開始した。旗艦が航行不能となった時点で、彼は部隊指揮をティズデール少将へ委譲し、同少将は戦闘を継続し断固敵を追い求めた。戦運と、わが方が敵との戦闘に突入せざるをえなかった狭隘な海面ゆえ、わが艦隊は指揮とそれに相応しい戦いぶりに比し過大な損失を被ったのであり、かつ敵に対しより大きな損害を強いることを妨げられたのである。

75　これ以前の戦闘と同様、我が方は昼夜戦、及び砲雷撃の双方において日本軍の錬度を痛感させられた。現在に至るまで、彼らの活力、粘り強さ、勇気を疑う理由は何ら存在しない。

76　太平洋艦隊の各艦艇及び航空機は、その武装及び諸設備の運用において、近々能力の限界に達するのは間違いない。

77　これすなわち、「訓練、訓練、さらに訓練」（訳注：原文はtraining, TRAINING and M-O-R-E T-R-A-I-N-I-N-G）を意味する次第である。指揮官各位は自らの職務を果たすことを求められている。

C・W・ニミッツ

本報告書のコピーは、太平洋艦隊の全上級将校に宛て発送された。

１９４３年2月20日に至り、ハルゼー提督はライト少将の戦闘報告書に対する自らの裏書を発送する。その冒頭部分を以下に引用する。

1　発送済。

2　当夜の戦闘において、米海軍少将C・H・ライト指揮する重巡4、軽巡1、駆逐艦6のわが部隊は、エスペランス岬～タサファロンガ間において日本水上艦隊を迎撃、物資及び（または）兵員のガダルカナル揚陸の企図を断念せしめたものと思われる。戦闘の全体像は著しく混乱しているため、会敵した敵水上艦艇の正確な数はまったくの憶測であるが、駆逐艦約10、及びおそらくは軽巡4で構成されていたものと思われる。敵側損失は推算しうるにとどまるが、軽巡2、駆逐艦7の模様。

3　両軍とも砲雷撃を実施。敵砲火は散発的かつ効果に欠けるが、雷撃は最大級の効果があり、重巡3を行動不能とし、同1を撃沈せしめた。これら魚雷が駆逐艦より、あるいは幸運な位置に占位した潜水艦より発射されたか否かに関しては疑問。主としてレーダー管制された我が砲火は、精密かつ致命的であったものと見受けられる。わが雷撃がもっとも効果を示していないことは確実であろう。魚雷命中はまったく観測されていない。この味方魚雷の非能率は、大遠距離発射に帰するものである。

4　前衛駆逐艦隊は雷撃後巡洋艦を支援せず、反転し北西方向へ避退した。これは起訴書類に同封書F（2）として入っている、任務部隊が夜戦に備えて発した指示に反している。将来の戦闘における駆逐艦の役割分担において、これに類する攻撃的行動の欠如は容認されるべきではない。

続く文節内でハルゼー提督は、ライト報告の特定部分にコメントを加えているが、中でも以下の項目は本書の論議においてとりわけ興味深い。

5ページ・第16項　前衛駆逐艦の攻撃行動は、実際の魚雷命中が確認されていない可能性もあるとはいえ、失望的である。レーダー管制による雷撃は賛成であり奨励するが、戦闘を再検討するところでは軽率な出費であった。

6ページ・第19項　駆逐艦の魚雷攻撃におけるセオリーを受容するなら、この威力絶大な攻撃は6000ヤードを充分上回る距離から、発砲閃光のみを照準点として実施されたはずである。日本側が艦載レーダーを有する可能性も看過できないが、とはいえこの攻撃の成功は、同様の成果をあげたその後の2度の攻撃と結び付けて考慮するに、日本水上部隊を支援する潜水艦の活動を強く示唆している。

太平洋艦隊の上級司令官たちは、歴史的重要性の高い戦いをこのように総括したのであった。本戦闘は日本軍にとって、最終的な失敗の認識とガダルカナル島からの撤兵の決定をなす要因となる。それは日本軍の勝ち戦の終焉であり、東京湾での降伏へとつながる長い一連の敗北の始まりであった。しかし米側の太平洋方面における作戦指揮にとっては、後味の悪い事例でもあった。

数多くの幕僚達に教唆されたハルゼーとニミッツの両提督は、ことの実態を理解しないまま、なおも将来におけるよりよい実績発揮を促すために断固とした立場をとるべきであるとの所感を持った。考えられるあらゆる角度から精査を加えた後、彼らは結論として、たった一人の部下に著しい批判を押し付けた。自らの武器をその能力の最大限度に使い、自らの艦を技量と決然とした意志の両方をもって動かし、長い夜を無傷で切り抜けた、前衛駆逐艦隊・任務分隊67・4指揮官にしてDD－445「フレッチャー」艦長、ウィリアム・マーチャント・コール中佐（海軍兵学校1924年期）その人に対してである。

それでは、我々はすべてを知りうる歴史の後知恵の力をもって、実際には何が起こったのかを眺めていくことにしよう。

6

The Enemy

第6章 日本軍

ルンガ沖夜戦が持つ運命的なつながりをたどると、ロンドンに行き着くことができる。１９２１年、ある日本の海軍武官は外交レセプションの席上で、英国が酸素魚雷を開発中だと公言する内容の会話を立ち聞いた。彼は早速この素晴らしく耳寄りな情報を東京へ送り、帝国海軍の幕僚達は同様の魚雷を自軍で用いるため、開発計画を開始した。ただし武官の報告は誤りであった。英国ではこの件を考えてはいたものの、開発計画はまだ一切実行されてはいなかった。

大半の蒸気式魚雷はホワイトヘッド式魚雷の血筋を引いており、アルコールと空気を燃やして蒸気を発しエンジンを駆動する。当たり前な話、空気は21％が酸素だから、もし空気を純粋な酸素と取り替えれば、酸素化合物の量は同じ分量に対しほぼ5倍の比率で増加するだろうし、燃焼で生成されるのは水と二酸化炭素になって、両者とも海水に吸収されて航跡を残さないであろう。その結果もたらされるエネルギーの増大は、速力か射程距離、あるいはその両方の増大に利用できる。誰にでもわかりそうな原理ではあるが、達成するのは難しい。事実、自ら魚雷を開発していた大半の海軍が、酸素魚雷の実験を行なっていたのである。

1921年のワシントン海軍軍縮会議で、日本海軍は主力艦とその他兵力の保有量を英米海軍の5分の3に制限される。日本は日露戦争での東郷提督の勝利以来、東アジアの支配を夢想していたが、今度の制限によって太平洋で最も明白なライバルであるアメリカに対し著しく不利な立場に置かれた。海軍の幕僚達は、量を認められないことになるのであれば質に専念しようと決め、新兵器の開発と既存の兵器の改良に莫大な資金をつぎ込んだ。魚雷は敵艦撃沈に最も有効な武装であり、魚雷とそれを運用する兵器に全力を注ぐことが定められたのであった。

しかし、酸素魚雷の開発は簡単ではなかった。実験では純酸素の運用の難しさが露呈されはじめる。燃焼温度が過大で、バルブ、パイプ、燃焼室が焼損し、爆発が発生した。最初期の実験モデルはきわめて運用困難で、信頼性もなさすぎて海軍構想の基盤にならないことがわかり、1926年には開発が頓挫してしまう。

だが世界を巡る状況が進展し、日本は日清戦争で獲得した足場を広げる構想を——最初は満州、最終的には上海から南方へ——画策していた。米海軍は長距離偵察用大型飛行船の開発と航空母艦の洗練を進めており、米艦隊に白昼晴天下で接近し攻撃を行なうのはきわめて困難と思われた。そこで帝国海軍は、夜戦方針の採用を決定。この新方針を支えるには魚雷が最も重要な兵器と考えられ、1928年、酸素魚雷計画が再開される。「吹雪」型駆逐艦の計画が始まり、巡洋艦の全形式がこの新兵器を運用するため改装を受けた。

酸素魚雷を成功に導く鍵となる技術的発展は、初期燃焼に通常の空気を用い次第に純酸素へと移行すること、および燃焼室に海水を導入し、直接蒸気を発生させるとともに燃焼室の維持に充分な低温を維持させることの決定にあった。酸素魚雷の最初の成功作は試製九三式魚雷一型で、1933年の試験で実証された。これを向上させる小改正型が作られ、1936年には第二次大戦を通じて駆逐艦・巡洋艦で用いられた魚雷の本格生産が開始されている。全長25フィート、直径2フィート、重量2トン近いこの兵器は、以下の性能を有していた。

九三式魚雷一型改一

速力	射程
49ノット	22000ヤード（20000m）
40ノット	35000ヤード（32000m）
36ノット	44000ヤード（40000m）

炸薬　500kg

「吹雪」型のみならず以後の駆逐艦も多連装発射管を搭載し、この必殺の怪物魚雷を発射するとともに、ほとんどの艦では発射管数と同じ数の予備魚雷とその装填装置が与えられた。第一斉射で発射管が空になれば、約20分で再装填し2度目の斉射に備えることができるようになっていたのである。

このような魚雷は海軍の伝統的嗜好からはあまりにかけ離れているので、ここでひとまず魚雷とその運用について、もう一回振り返っておくことにしよう。原則的に普通の魚雷は、発射されるとあらかじめ調定されたコースと深度を直進する兵器である。目標艦の船体に命中すれば起爆装置が弾頭を炸裂させ、その船に穴を開ける。水は空気と比べて密度が高いので、水中爆発はそれが船体のすぐそばであっても、空中における同等の爆発よりもはるかに大きな構造的ダメージを与える。ベテランの雷撃機搭乗員がよく言っていたように、「煙攻めなら爆弾を使え。水攻めなら魚雷を使え」である。

在来の蒸気式魚雷は最大速力が約45ノットで、燃焼空気から残った窒素が海面に泡を立てるため、きわめてよく見える航跡を残す。この「馬脚」は、低速航行中の船に対し近距離で用いるなら及第であるが、相手が軍艦だと、充分な距離で雷跡を発見されれば、軍艦の速力と運動性をもってすれば、回避されてしまう。電気推進の魚雷ならば航跡は出ないが、使えるバッテリーの出力で制約を受け、低速で射程距離も極めて短かった。

日本の九三式魚雷は、その後〝長槍〟とあだ名されるようになり、その著しい高速と信じがたいほどの射程距離、そして視認可能な航跡がほとんど完璧に存在しない点で競争相手を凌駕する性能を持ったが、この魚雷を可能にした要素を全面的に検証しておく必要がある。劇的な性能を持つ兵器であることは言うまでもないが、果たして使い物になったのだろうか。

蒸気魚雷の航跡は発射後ただちにその襲来をあらわにしてしまうことから、自らの威力発揮と生存のため隠匿性を身上とする潜水艦は、約１０００〜２０００ヤードを最適な攻撃距離と感じるようになった。彼らとしては魚雷の射程距離増大はほとんど用をなさず、一般的には利用可能な雷速に満足した。駆逐艦乗りは、攻撃側・目標側の双方が互いを視認可能な状況下で、運動性の高い軍艦を攻撃することを期待されるのが常で、魚雷の目標捕捉距離が長くなるほど命中弾を得る機会は減るものと理解していた。より長い射程で目標との距離を遠く保つことは好んだだろうが、敵が雷跡を見て回避運動をとるだろうから、命中を得ることはおぼつかなかった。

雷撃における発射管制の問題は、砲撃のそれとはかなり異なり、随分単純である。標的の針路と速力がわかれば、命中をもたらすべく要求される発射角度は簡単に計算できる。的針、的速、および雷速が、射撃管制の三角図を解析するために必要な３つの既知数にあてはまるのである。標的までの距離測定は、精密な魚雷針路の決定には必要ない。もちろん最大射程は、手持ちの魚雷が目標まで到達できるか判断するために有用であって、それに際しては艦首の向きを観測して推し量るのではなく、追尾観測によって目標の真方位を確定する。また、魚雷の目標到達時間を計算するときにも射距離は必要である。しかし、良好な雷撃を実施するにあたっては目標までの厳密な射距離は必要ない。要するに、目標が見えて、その速度と艦首の向きが測定できれば、雷撃はうまくいくのだ……標的が回避せず、魚雷が届けばの話だが。

経験上、目視かマスト頂部のレーダーで、駆逐艦は約20000ヤード、巡洋艦は25000ヤード、戦艦は30000ヤードで互いを視認できる。魚雷はこれらすべてに対し優秀な武器であり、九三式のような性能を持つ魚雷をもってすれば視認距離内のいかなる船も雷撃圏内となる。射距離が長い場合、1本の魚雷では統計的に命中確率は低いが、これは40㎝砲1門で1発撃っても1000ポンド爆弾1発でも同じことが言えるわけで、それぞれの発射に要求されるシステムコストを比較すると興味深い数値がはじき出される。複数の魚雷を並べ、隣接するそれぞれの左右にある程度の角度をつけて発射し、標的の推定針路・速度の誤差を補うようにすれば、命中の可能性は著しく向上する。隣りあう魚雷どうしの角度を2度として8本を斉射すると、角度14度をカバーし、距離6000ヤードにおいて交差する標的の進路に沿って各200ヤード、すなわち戦艦や巡洋艦の船体長の間隔で魚雷が配置される。魚雷16本で開角1度だと、12000ヤードで同様となる。複数艦による連携攻撃で魚雷を発射すれば、長距離でも敵艦の陣列に行き渡らせることができる。主力艦による艦隊総力戦に対して計画した通り、駆逐艦の大集団による複数方向からの連携雷撃をもってすると、それぞれの斉射による十字攻撃は単艦雷撃を回避するいかなる試みにも対処できるだろう。

こういった事情が、日本海軍の幕僚達に九三式魚雷を艦隊の主要兵器として採用させ、艦隊決戦でアメリカを打破できるという自信を与えた背景であった。１９３０年代中期以降、彼らは自らの秘密兵器を最大限利用すべく、作戦立案、戦術、及び訓練を改良した。水雷屋と見なされた士官も下士官兵も、虎の子であった。彼らは注意深く選抜され、段階的な訓練を受けエキスパートとなった。

夜戦のためには、暗いところでも物が見えなければならない。日本人はその慣習的な徹底さで夜間視覚について研究し、低い光度レベルでの視認能力を極限まで高めるよう兵士を訓練した。人間の目はたいへん敏感だが、きわめて有効な保護機能を持っている。それは現在体感している光度レベルにゆっくり合わせていくが、もしレベルが高まると瞬間的に自らを保護する。懐中電灯を持たないで森の奥にいる人は、すぐ星の光だけで充分物が見えるようになる。夜間、あらゆる人工的な光源を排して暗くした船の上の見張員は、当直開始から1時間後には海面上のさざなみを目視できるようになるし、もし介在する大気がクリアならいつでも水平線を視認できる。マッチをすったり瞬間的にでも懐中電灯をつけたりすると、夜間視力は劇的に衰退してしまい、その目が戻るのにまた20分かそこらがかかるのだ。米艦の場合、斉射前の警報ブザーは各員に射撃の衝撃から踏ん張るよう警告するのだが、たぶん日本艦の射撃前ブザーは各員に目を閉じるよう命令する目的で使われたのだろう。また、日本側は夜戦で一斉射撃しか用いず、決して五月雨式の不定期不定量な発射はしなかった。

夜間、船舶はふつう、水平線上で比較的明るい空を背に黒いシルエットを観察することで探知される。船の距離が離れていると、シルエット以上の内容を観察するのに充分な周辺の明度を得られるのは異例である。月明かりはしばしば敵の探知にとって不利な条件となる。ちらりとでも月を見た目は一時的に眩まされてしまうし、揺れ動く波からの月光のきらめく反射は夜間視力を減衰させる。

どうしても見なければならない可能性がある光の色調も、夜間目視にとっては重要である。戦前の米海軍では艦艇の夜間照明にダークブルーの光が使われたが、これは夜天光のスペクトルに隠蔽されてしまうため最悪の選択肢だったことが判明した。赤い光はそれよりダメージが少ないとわかったが、結局どんな光でも不都合なのであった。

しかし海上戦闘の場合、夜間の光で視力を奪う原因の大半は、自艦の砲口から出る閃光と探照灯で収束される幻惑的な電気アークである。推進薬の性能が高いほど閃光は強くなる。推進薬の燃焼時に様々な内容物で大量の煙を起こし、ガスが砲口から出るとき閃光の遮蔽を助けさせることもできる。これは夜間では有利で、日本は無閃光装薬を開発しており、夜間視力をかなり保護し、敵による発砲閃光の視認を難しくするのに充分な効果を持っていた。

人が暗黒を見通す能力を増強できる技術的な事物がある。双眼鏡や望遠鏡は、内部で光線が透過するレンズをより薄く、反射する回数をより少なくして、光の損失をより小さくする。大型化でそこにある光を集めることができる。日本軍は秀逸な夜間用レンズを双眼鏡として用い、見張所に有力な双眼鏡を設置し、射撃指揮装置の光学機器における光のロスには格別な注意を払っていた。

しかし最も肝心なところ、日本帝国海軍は防御ではなく攻撃に向けて準備と訓練を重ねていたのである。日本は１９３１年の満州侵略で戦争を開始し、南へ向けて策動を続けた。その行為を糾弾されないまま切り抜けたかったが、いずれ西側諸国の抵抗を受けることは予想はしており、とりわけ当初から厄介な相手だったアメリカはその対象だった。真珠湾攻撃は長い戦役の中間において、自分たちの壮大なプランを脅かす敵を麻痺させることを意図した精緻な作戦であり、大東亜共栄圏構想はなによりも重要で停止させるわけにはいかなかった。

日本帝国海軍は、想定済みの一連の任務に向けて特化し、それに沿うように軍の機構も作られ編成されていた。軍令部長と主要な隷属組織は、ソロモン戦線の時点でも真珠湾攻撃当時の状態と同様であり、その連続性は下は個艦の艦長に至るまで広がっていた。戦線右翼の防御を目的とするニューギニア侵攻とソロモン諸島における前線拠点の設定は、東南アジア全域を手中に収めるべく策定されていた分刻みのプランの中の、ほんの一歩に過ぎなかったのだ。

日本駆逐艦「雪風」航海艦橋の内装。航海科士官配置に２基ある倍率20倍の架台装備式見張双眼鏡の卓越した位置取りがわかる。日本軍が光学兵器と夜間視界に重点を置いていたことを示している。
Photo from National Archives.

鉄底海峡から北側を臨む。米駆逐艦がフロリダ島の陰を背にシルエットを見せており、背景の大きな陸地を背にした船が視認困難であることがわかる。
U.S. Naval Institute Photo.

7
The Tokyo Express
第7章 東京急行

　1942年11月30日午後遅く、田中頼三少将は旗艦「長波」の艦橋上に立ち、艦首右舷側、サンタ・イサベル島にあたる方角の視界を遮っているスコールを、じっと見据えていた。タサファロンガ沖での会同に遅延は許されず、彼はそれに間に合わせるべく、ここ4時間ずっと30ノットで航行を続けていた。だが空は暗くなりつつあり、彼は可能な限り先を急がせるしか打つ手はない。作戦成功に求められるのは、部下の各艦が時間通り物資を引き渡すことなのだ。彼は自らの経験を、はるか遠くまで思い返した。

　第2水雷戦隊司令官として、彼は開戦から日本軍の諸作戦の第一線にあった。真珠湾攻撃当時、部隊は旗艦・軽巡「神通」と駆逐艦16隻（第8、15、16、18駆逐隊）で編成されていた。1942年1

月、蘭印のメナド方面作戦で、彼は部隊を率いて攻略部隊を護衛。ついでアンボン侵攻に転じ、さらにはスラバヤ占領と東西インド諸島の確保達成を支援すべく、各艦は作戦を続けた。3月中旬には整備のため内地に戻ったが、ドゥーリトルの本土空襲後、短期間外洋へ出動した。

次いで部隊の全戦力は、ミッドウェイ作戦の侵攻部隊護衛任務に配されるが、大型空母4隻沈没という信じがたい損失のあと進撃中止となり、船団を内地へ後退させることで彼もまた不面目の片棒を担わなければならなかった。輸送船が安全となった時点で、部隊はキスカ占領作戦の支援のためアリューシャンへ送られた。しかし、米軍のガダルカナル侵攻当日には横須賀帰投を命じられ、南洋作戦の準備にあたったのである。

7月中旬、三川軍一中将は新編された第8艦隊の指揮にあたり、ラバウルに司令部を置いてソロモン諸島地域の作戦責任を負っていた。8月11日、「神通」「陽炎」のみを率いて内地を発ちトラック島付近に達していた田中は、三川の指揮下に入るよう命じられ、ガダルカナル増援部隊指揮官となる。15日、トラックで部下の各艦や糧食等のかき集めに努めていたところで、三川からの詳細命令を受領。その名も高き陸軍・一木支隊を、ヘンダーソン飛行場から東18海里のタイヴォ岬へ揚陸せよというものである。実戦慣れした精兵の第一陣は900名、重火器や本格装備を伴わず、わずか7日分の補給品という軽装備を携行して駆逐艦6隻に配乗の上、18日夜上陸させる。大半が後方支援部隊からなる残存部隊、および追加の補給品は、「神通」と哨戒艇2隻が護衛する低速輸送船2隻(9ノット「ぼすとん丸」「太福丸」）で運ぶものとする。

これに加わる前線兵力1000名を擁する、横須賀第5特別陸戦隊を搭乗させた高速輸送船（13ノット「金龍丸」）と護衛の哨戒艇2隻が途中で「神通」と合同し、この連合部隊は23日夜タイヴォ岬へ揚陸する予定であった。第24駆逐隊の駆逐艦3隻が、南方の進路上で部隊と合同するよう命じられた。

最初の駆逐艦6隻は、予定通り18日夜、抵抗なく部隊を揚陸させた。そのうち3隻はラバウルへ直行、あとの3隻は陸岸の歩兵を護衛すべく備える。19日朝、その1隻の「萩風」がB‐17の爆弾1発を受けて損傷著しく、田中は僚艦「山風」の護衛でトラックへ反転するよう指示したため、「陽炎」のみがタイヴォ岬の警備に残った。同艦は20日に米空母機の攻撃を受け、命中弾こそなかったものの、この攻撃は日本側の上級司令部にとって、自軍のタイヴォ岬での行動が米側の知るところとなったことを示していた。

同夜、一木清直大佐はヘンダーソン飛行場の占領を企図し、部下900名を率いて突撃。壮絶な戦闘で部隊は撃退、壊滅させられる。生き残ったのはわずか20名ほどの通信部隊のみで、ラバウルへ状況を打電後、ジャングルを通り抜けて島を南へと横断して敗走した。一木大佐は連隊旗を焼却のうえ自決した。

米空母機動部隊が付近に存在することを認識したラバウルの南東方面艦隊司令長官は、田中に対し反転してトラックへ帰投するよう命令する。これとほとんど同時に、ラバウルの第8艦隊司令部は針路280度を指示。田中は間をとって、針路を320度とした。次いで「陽炎」から、米空母機20機がヘンダーソン飛行場に着陸したと報告がなされた。田中はなおも輸送中の部隊を23日夜に揚陸させる予定を保っていたが、今や敵は彼に対抗して、航空機を擁した実働体制の飛行場を持ったわけである。

21日、彼は近藤信竹中将の第2艦隊が米側に対処する命を受けていることを知った。同艦隊は、重巡5隻とそれを直衛する軽巡1、駆逐艦5からなる高速の主力部隊を有し、戦艦「陸奥」、水上機母艦「千歳」、駆逐艦4の低速部隊を後方支援としていた。さらに空母「翔鶴」「瑞鶴」駆逐艦6隻を持つ南雲忠一中将の第3艦隊・母艦攻撃部隊が加わり、これら有力な戦闘部隊がトラックから出撃して南東方面に針路を転じたことを受け、田中部隊の揚陸作戦は24日夜へと延期される。

いまや幾分なりとも成功の望みが増し、小規模ながら重要な田中の船団は再度針路を反転し、ガダルカナルへと向かった。この間彼は、タイヴォ岬沖の「陽炎」を「江風」「夕凪」と交代させている。ガダルカナル南方160海里に敵軽巡1、輸送船2という索敵報告があり、田中はこの2隻に対し南下迎撃を命じたが、両艦は何も発見せず、タイヴォ岬沖の任務に戻った。22日未明、「江風」はルンガ海峡で米駆逐艦「ブルー」を雷撃。同艦は翌日自沈を強いられた。

田中部隊がその遅い足で南への航程を進めていた23日、米PBY飛行艇に発見され触接を受ける。後退命令を期待しつつ現在位置を報告したが、各司令部からは何の返答もなく、彼は夜の間じゅう重い足取りで目的地への歩を進めたのであった。

24日朝0830時、第8艦隊から緊急信を受ける。東方で発生しつつある空母戦のあいだ、危険を避けるため北方へ転針せよとの指示で、彼は再びコースを取って返した。だが彼はそのあと6時間すぎて、ソロモン諸島の陸上機作戦のすべてを掌る第11航空艦隊司令長官からの指示に驚愕させられてしまう。命令どおり当夜揚陸を実施せよ。田中としては、輸送船の劣速ゆえ承諾しかねると返信するしかなかったのだが、それでも彼は再び針路を戻してガダルカナルへと向かった。複雑な諸事情と大気の状態のため無線送信が阻害され、上級司令部との意思伝達ははかどらなかった。

1230時、東の水平線上に高速で南下する重巡「利根」、空母「龍驤」、護衛駆逐艦2隻が視認される。「龍驤」の搭載機は上陸支援のためヘンダーソン飛行場を攻撃するもので、同艦が船団を追い抜いた直後に発艦した。2時間後、突然南東方向に激しい対空戦闘が起こっていると思しき様子が見られるようになり、数分のうちには煙の筋が高く立ち上り、「龍驤」の被弾を示した。同艦は夕方沈没、攻撃から帰艦しつつあった搭載機は田中部隊の上を旋回したあと、ブーゲンヴィル島北西端のブカ島へと飛び去っていった。

1400時ごろ、第3艦隊の空母「翔鶴」「瑞鶴」を発艦した艦載機がスチュワート島付近で、空母3、戦艦1、巡洋艦7、駆逐艦多数の米艦隊（原注：フレッチャー少将指揮する第61任務部隊。空母「サラトガ」「エンタープライズ」「ワスプ」、戦艦「ノース・カロライナ」、巡洋艦7、駆逐艦18）を攻撃中との情報が入る。帰投した搭乗員が炎上2隻（原注：実際に被弾したのは「エンタープライズ」のみ）を報告し、これらを追撃するべく第2艦隊から水上部隊が派遣された。だが第2・第3艦隊は24日夜のあいだに米軍を発見できず、北に転じトラックへと離脱した。

田中船団はこの戦闘中、北東への転針を命じられていたが、米艦の損傷を知ってまたも針路を振り、当初の目的を実行しようとした。ただし田中は、揚陸が成功裏に済む見込みをほとんど持っていなかった。

25日0600時、田中部隊はなおもヘンダーソン飛行場から150海里の地点を、9ノットで這うように進んでいた。夜のあいだに、「陽炎」「江風」「磯風」の復帰と、それより小型で第30駆逐隊所属の「睦月」「弥生」が合流したことによって、部隊は増強されていた。彼がちょうど行動計画の指示を送信するかしないかのところで、米急降下爆撃機6機が雲間から「神通」目がけて降下。奇襲を受けた同艦は前部に1発被弾し大損傷を受け、中部に至近弾数発を浴びる。最後の1発が1、2番砲中間の船首楼に命中し、周囲に断片を撒き散らしたうえ艦橋を損壊させた。田中は打ち付けられて意識を失ったが、気づいてみると負傷はしていなかった。「神通」も損傷甚大ながら安定を保っており、乗員がただちに火災と浸水を鎮圧した。しかし機関部こそ被害を受けていなかったものの、前部砲群を損失し、艦首の大損害で高速が発揮できないため有効な戦闘は不可能であった。田中は「陽炎」に接舷を命じ、将旗を移して「神通」をトラックへ帰投させた。

このときの攻撃で、横須賀第5特別陸戦隊が乗船中の「金龍丸」も手ひどくやられており、弾薬の誘爆を伴って炎上し沈没は時間の問題となった。田中は第30駆逐隊の両艦と哨戒艇2隻に対し、損傷艦に接舷のうえ陸戦隊と乗員を移乗させるよう命じるが、これらが横付けしているところへB‐17爆撃機1機が現れて動かない船に投弾、「睦月」が被弾して間もなく沈没してしまう。「弥生」がその乗員を救助したうえ、哨戒艇とともに「金龍丸」の残る生存者を退去させ、同船もその後沈没した。田中は生存者を乗せた各救難担当艦に、ラバウルへ向かうよう命令した。

一木部隊の兵力が全滅したことを考えると、残る後方部隊３００名をガダルカナルに揚陸させるのは無駄と見た田中は、作戦の打切勧告を打電し、ブーゲンヴィル島の南東端にある日本側前進基地ショートランド島へ向かった。連合艦隊と第8艦隊の司令長官は彼の決定に同意したが、３００名を高速艦艇で27日夜にガダルカナルへ輸送せよという第11航空艦隊からの命令を受け取ったのは、まだ彼が錨地に到着する前のことだった。

田中はこれを無分別だと思ったが、命令に従い兵員３９０名と１３００名分の補給品を「海風」「山風」「磯風」に搭載させた。第24駆逐隊司令・村上暢之助大佐が指揮する駆逐艦3隻がショートランドを出たかと思うと、第8艦隊からの電令で揚陸が28日夜に延期となる。田中はすでに作戦が27日の揚陸に向けて進展中と返信したが、第8艦隊は各艦をいったん反転させるよう命じ、彼の指揮下に加えるべく第20駆逐隊をショートランドへ向かわせていることを付け加えた。

田中は、自らが受け続けてきた相反矛盾する命令にきりきり舞いさせられた挙句、作戦を無事成功に導く信念を失いはじめた。その懸念は、彼の友人にして第2水戦司令官の前任者でもあり、巡洋艦「青葉」「古鷹」を率いてショートランドに到着していた第6戦隊司令官・後藤存知少将も共有していた。第8艦隊と第11航空艦隊の両者は、いずれもラバウルに位置しているのに、両者相互の間にも、さらに上級指揮官であるトラック島の連合艦隊司令長官・山本五十六大将との間にもほとんど連絡がないように見え、協調関係などまるでなさそうだとは、田中と後藤のどちらにとっても信じがたいことのように思えた。田中はガダルカナル増援部隊指揮官として、後藤は支援部隊指揮官として、第8艦隊司令長官でもある外南洋部隊司令長官・三川中将の隷下にあったが、その三川自身はラバウルに司令部を置く南東方面部隊司令長官・塚原二四三中将の部下であった。塚原は基地航空部隊と第11航空艦隊の司令長官でもある。指揮権を持つ将校本人が同一人物ということはよくあるが、計画の立案と決定、発信はそれぞれの幕僚達が、相互の打ち合わせなしに行なったのだ。とんでもない話である。

結局、第20駆逐隊の4隻が彼の指揮下に充てられたのは後続の派遣部隊のためということが明らかとなる。各艦はボルネオ方面から転進した川口支隊をトラックで搭載しており、この兵員を28日夜タイヴォ岬で揚陸する予定とされていた。田中部隊の各艦が搭載した兵員が、第2波増援となるべきものである。これを受けて田中は第24駆逐隊司令に対し、自隊の3隻、及び「磯風」を率い、第20駆逐隊の4隻も加えたうえ28日に揚陸を実施するよう命じた。だが燃料節約のため本作戦は妨げられ、第

20駆逐隊はトラックからガダルカナルへ直行。そのため田中はやむなく、これと別個に村上大佐の4隻を、2列のソロモン島嶼線にはさまれた狭水道《スロット》を経て鉄底海峡へ向けて南下させた。

28日午後の間に、なおガダルカナル北方80海里にあった第20駆逐隊は米軍機の攻撃を受け、司令（山田雄二大佐）が戦死、「朝霧」は沈没、「白雲」「夕霧」が損傷。同隊は揚陸を中止し、残存各艦はショートランドへ向かった。その後夕方になってこれを聞いた村上大佐は、自隊の搭載兵力のみを揚陸するのは無益と考え、コースを反転してショートランドに帰還してしまう。田中はこの独断を釈明の余地なしと見て激昂し、彼を厳しく叱責する。その彼自身も、上級指揮官から厳しい調子で綴られた遺憾の電文を受けたのである。

8月28日、ひとつの喜ばしい変更がある。田中の旗艦任務に従事すべく、第6戦隊の重巡「衣笠」がショートランドに到着したのである。三川提督は、増援部隊の活動増大に対し駆逐艦の通信能力が不充分であることを認識して、この変更を行なった。田中は「陽炎」から「衣笠」への将旗移動を遅滞なく行ない、三川へ感謝の電文を送っている。

29日の早い段階で、第8艦隊は「駆逐艦を用い陸兵を輸送せよ」と下命。田中は早速村上に、指揮下の4隻に兵員を搭載のうえ1000時出撃、タイヴォ岬へ向かい同夜揚陸するよう指示。あわせて彼は哨戒艇2隻に対し、一木支隊の残り120名の搭載と30日夜揚陸を命じた。

この間、川口清健陸軍少将は支隊主力を率い、陸軍輸送船「佐渡丸」でショートランドに到着していた。彼はボルネオ沿岸一帯での大発を用いた作戦で極めて大きな成果を挙げており、駆逐艦による兵力移動を快く思っていなかった。彼は自らの輸送船を、ソロモン水道南側にあるニュージョージア島のギゾ港まで延航させるよう強硬に主張する。そこでもなお川口少将の部隊は、ガダルカナル基地に配備されている敵航空機の行動圏外にあり、数多い島を遮蔽物として使いながら舟艇で目的地までの移動を続けることは可能と思われた。

「衣笠」艦上で川口少将と参謀が深夜会議を開いている頃、第24駆逐隊4隻と第11駆逐隊3隻は無事タイヴォ岬に兵員を揚陸させた。ルンガ岬付近に米輸送船2、巡洋艦1、駆逐艦2が報告され、三川提督は直接村上大佐に対し、揚陸完了次第ただちに敵部隊を攻撃せよとの命令を打電。だが村上はこれを黙殺し、ショートランドに帰投する。田中は彼を旗艦に呼びつけ、釈明を求めた。村上は、当夜は満月で視界がよく、米軍機多数が上空に視認されたので攻撃を行なわなかったと述べた。田中はその言に驚愕して二の句が告げなかった。と同時に、部下の度量のなさが自分の責任問題にも及んでしまうであろう事を察し、困惑に打ちひしがれたのだった。彼は村上を解任し、内地へ転勤させた。

田中は8月30日、一木部隊の残余と川口支隊の先遣兵力を「陽炎」「天霧」及び新着の「夕立」でガダルカナルへ送る案を提示する。だが川口は麾下部隊の一切を海軍艦艇で輸送することに同意しようとしなかったので、数時間の無駄な交渉の末1000時、田中は一木部隊を搭載した「夕立」のみを出撃させた。川口の頑とした態度を知らない三川提督の参謀長は、電文で田中を仮借なく非難した。

川口の上級指揮官である陸軍第17軍司令官（百武晴吉中将）との間に、一晩かけて合意が達せられ、川口支隊の大部分を駆逐艦で輸送し、一部が大発で進出することとなった。この妥協策は第8艦隊から田中へ打電されるが、直接自身宛には送られなかった川口はまだ承諾しない。ようやく31日朝に彼は折れ、部下の連隊長は断固承諾したがらなかったが、兵員の乗艦を開始。兵1000名と補給品が搭載され、駆逐艦8隻がガダルカナル目指して出撃できたのは正午のことであった。深夜ごろには全兵力が無事揚陸、駆逐艦陣も大過なくショートランドに帰投。これをもって、駆逐艦から完全な陸軍部隊が成功裏に上陸したのは三度目となったのである。

強情な陸軍将官とのいらいらするようなかけ合いが進んでいる間、田中はトラックの連合艦隊から出された電文を受け取った。第3水雷戦隊司令官はラバウルから進出、その現地到着をもって第2水雷戦隊司令官は作戦指揮を引継ぎ「夕霧」にてトラックに回航すべし。8月31日、橋本信太郎少将が軽巡「川内」と指揮下の第18駆逐隊を率いて来着し、簡潔だが規定どおりの儀礼を行なって田中と交代。田中は幕僚を従え、ただちに「夕霧」でトラックへ向け出航したのだった。

彼は沈鬱な心持ちでトラックへの航海をした。彼は多くの損失と、要望された時間への増援揚陸にたびたび失敗したため更迭されたと感じていたが、自身が疲れきっていて回復の時間が必要だと認識した彼は、努めて理性を装った。ところが到着して、彼は朗報に驚いた。補充艦が集められて第二水雷戦隊は当初の兵力に達しており、彼は第2艦隊の巡洋艦陣（第4、5、8戦隊）の直衛任務を与えられていることがわかったのだ。旗艦となるのは軽巡「五十鈴」で、大型駆逐艦「高波」「巻波」「長波」からなる新編の第31駆逐隊が指揮下に加えられていた。

ソロモン方面では、川口支隊がガダルカナル島で集結完了し、ヘンダーソン飛行場を奪回すべく9月12日に総攻撃を実施。熾烈な戦闘で攻撃はあと一歩で成功するところだったが、最終的には撃退され、有名な部隊は壊滅した。洋上で対峙しつつある両主力艦隊は交戦しなかったが、15日に日本潜水艦「伊19」が空母「ワスプ」を雷撃。信じがたいような猛火に一掃され焼き尽くされた船体は、同日末味方の手で撃沈処分された。日本側の主力部隊は23日、補給のためトラックに帰投する。

この頃、日本陸軍は小部隊によるガダルカナル奪回が不可能であると認識しはじめており、丸山政男中将率いる第2師団をジャワ島からショートランドに送り込んだ。この兵力は増援部隊の護衛下で高速輸送船6隻によって目的地へ運ばれる手筈で、米軍に対し10月22日総攻撃実施の計画にもとづき、14日夜揚陸実施とされた。

第2、第3艦隊は10月11日トラックを出撃、第6戦隊「青葉」「衣笠」「古鷹」と駆逐艦2隻は同夜の飛行場砲撃を命じられ前面に進出する。同隊は前記したとおり、サヴォ島北西でスコット部隊の迎撃を受け、激戦が交わされて砲撃部隊は反転後退した。日本側は重巡「古鷹」を失い、駆逐艦「白雲」も沈没、旗艦「青葉」が大破し後藤少将は戦死。米巡洋艦1隻撃沈、1隻撃破、駆逐艦1隻撃沈が確実と思われた。翌日、部隊がショートランドへ向け航行中に駆逐艦「叢雲」が大破し、同「夏雲」が救援のため反転したが、同艦自身が被弾沈没してしまう。

被害が深刻であっても、無事増援に成功して陸上にある部隊が飛行場まで到達する予定であるなら、その制圧は最重要問題であり、そのため10月13日夜、36㎝砲搭載の戦艦「金剛」「榛名」が派遣され任にあたる。両艦は新開発の地上攻撃用砲弾を搭載しており、これは炸裂時にかんしゃく球のような榴散弾を散布させるものであった。戦艦のトラック出撃に、田中の「五十鈴」他7隻の第2水戦が帯同した。そして両大型艦はヘンダーソン飛行場から16000mを保ち、これに1時間半の破壊的砲撃を見舞う。ジャングル全体が突如として火の海になり、すべてを焼き尽くす火焔地獄の中で航空機、燃料、弾薬のどれもが爆発していった。半狂乱の平文無線通信が傍聴され、途方もない被害を報じていた。砲撃を終えた部隊はサヴォ島東側を通過して後退、魚雷艇数隻がツラギから出現したが、駆逐艦「長波」がこれを撃退した。

14日夜も「鳥海」「衣笠」が同じ任務を繰り返し、第2師団を運搬中の高速輸送船6隻はタサファロンガに到着、揚陸を開始する。これらは夜明け後に南方から飛来した空母機の攻撃を受け、3隻は離脱してショートランドに帰投するが、3隻は擱座を強いられ、その場で爆撃を受け炎上した。

15日夜、再び田中の第2水戦が護衛する第5戦隊「妙高」「摩耶」が、散々たたかれた飛行場に更なる800発の20㎝砲弾を浴びせた。しかしその戦果は、戦艦による大艦砲射撃と比べるとかなり見ごたえの劣るものだった。16日にも作戦行動と対抗行動があり、艦隊は給油のため赤道を越えて後退、そして22日の総攻撃に備えガダルカナルの北東と北西の両位置に復帰したが、予期していたより兵員の密林踏破に支障が大きく、進出が24日まで遅延した。攻撃はこの予定通り開始され、まもなく作戦成功の報告が届くが、実はこれが間違ったものであった。それでもこの報告に基づいて、第4水雷戦隊が海岸の陸兵を支援すべく北西からソロモン水道を通って南下するよう命じられる。陸軍の襲撃は損失多数を出して撃退され、第4水雷戦隊はまだ基地機の行動圏外まで達することができないまま夜明けに捕捉されてしまう。米爆撃機の攻撃で軽巡「由良」が大破し、自沈処分された。

10月26日黎明、第2・第3艦隊の索敵機はソロモン諸島東方サンタ・クルズ島の北200海里に米空母機動部隊を発見。この部隊は空母3、戦艦2、巡洋艦5、駆逐艦12からなると報告される。すかさず2波の攻撃部隊が発艦、空母「ホーネット」「エンタープライズ」に命中弾を与え、前者は被害が特に大きく、その日ほとんど燃え続けた。帰艦した搭乗員は、3隻目の空母も炎上させ、戦艦1、巡洋艦2、駆逐艦1撃沈と敵機多数の撃墜を報じた。

その一方で米軍機は空母「翔鶴」「瑞鳳」のそれぞれに爆弾命中を記録、炎上させてその飛行甲板を使用不能とし、重巡「筑摩」も被った損傷の程度が大きく離脱を強いられた。第2艦隊は任務の仕上げをするべく前面に送られるが、発見したのはくすぶっている「ホーネット」の残骸のみで、これは最終的に翌朝、駆逐艦「巻雲」「秋雲」が撃沈処分した。田中は夜間、敵艦隊捕捉を期待して指揮下の第2水戦を率い南方へ向け高速で追撃を行なったが、何も発見できず、やむなく艦隊の他艦と合流。索敵行動は27日いっぱい続いたが、米艦隊の痕跡は何ひとつ見つからず、全艦トラックに引き返した。

日本軍は10月末までに陸上、洋上の双方で損失を出し、その回復と再編が必要となる。第3、第4水雷戦隊はいずれも大きな損失をこうむり、残存各艦も作戦を継続する状態ではなかった。これを受けて、田中は打撃を受けた2隊と交代すべく、指揮下各艦の補給が終わり次第ただちにトラックから出撃。旗艦「五十鈴」、第15駆逐隊「黒潮」「親潮」「陽炎」、第24駆逐隊「江風」「涼風」、第31駆逐隊「高波」「巻波」「長波」をもってショートランドに入港すると、田中はやはり「鳥海」で到着したばかりの三川中将に呼び出され、再び増援部隊全体の指揮をとるよう告げられた。

陸軍第17軍は、新着の第38師団をもってガダルカナルの残存兵力を増援し、米軍に正面攻撃をかける計画を案出する。数度の変更を経て、先遣部隊1300名を11月7日夜間に駆逐艦11隻でタサファロンガへ派遣することが決定。田中は自分で部隊を率いる予定を立てていたが、ショートランドに残るよう命じられたため、第15駆逐隊司令・佐藤寅次郎大佐が指揮。チョイセル島、サンタ・イサベル島北方を通過後、転針南下しガダルカナルへ向かえとの指示を受けてショートランドを発ったが、午後に艦上爆撃機の激しい攻撃を受ける。直衛戦闘機6機が猛然と反撃し、乱戦でこれらは全機撃墜されたものの、結果として全艦被害を免れ、兵員は夜間タサファロンガに損失なく揚陸された。

10日、第38師団長・佐野忠義中将と部下兵員600名は「巻波」「涼風」で輸送され、航路上で敵機の爆撃と雷撃、目的地で魚雷艇4隻の猛攻撃を受けたものの、同夜無事上陸する。

陸軍輸送船11隻に搭載された第38師団主力がショートランドに到着した12日夕刻、索敵機が南方に米空母部隊を報告していたが、「早潮」に将旗を掲げる田中は船団に対し即時ガダルカナルへ針路を取るよう命令、手持ちの全駆逐艦でその防御についた。

この決定的な揚陸作戦をもってヘンダーソン飛行場を制圧すべく、阿部弘毅少将は戦艦「比叡」「霧島」、第4水雷戦隊、第10戦隊を率いて鉄底海峡に進出、1ヶ月前の大艦砲射撃の成果を繰り返そうとした。この部隊が砲撃進路に入ってきたそのとき、敵巡洋艦・駆逐艦部隊（キャラハン部隊）がその只中へと突進。旗艦「比叡」は敵に2斉射を発しただけで敵巡洋艦から砲弾を散々撃ち込まれ、操舵機が破壊され、射撃指揮装置が使用不能となり、以後操艦の自由を失ったまま円を描くのみとなる。駆逐艦「暁」「夕立」は沈没、「天津風」「雷」は大破した。このような大損失で艦砲射撃は断念され、駆逐艦に移乗した阿部は部隊の撤退を開始。敵巡洋艦2、駆逐艦数隻は撃沈したものと思われた。13日の夜明け後早速、米軍機は操艦不能の「比叡」に爆弾の雨を降らせ始め、それが一日中続けられたため、同艦の救出が不可能であることは明白となった。乗員は随伴駆逐艦が収容し、誇り高き旧式戦艦は自沈したのである。

計画していた艦砲射撃が阻止されたことを知った連合艦隊は、揚陸作戦を14日夜に延期し、田中に対し転針のうえショートランドへ戻るよう命じた。彼は13日正午頃帰投するが、1時間後再びガダルカナルへ向け、兵員物資を搭載した11隻の輸送船の群れを誘導しなおす作業を開始する。この夜は重巡「摩耶」「鈴谷」がありったけの砲弾をヘンダーソン飛行場に撃ち込んだが、田中は勝運が自らのもとにはないと予感していた。彼は輸送船を四列横隊に配置、それらは11ノットを維持して航行を続け、駆逐艦がその防御のため前方と左右に展開。日出時には零式艦戦の戦闘哨戒が上空に現れた。

その日はB‐17　2機と艦爆4機の攻撃から始まる。3機が零戦に撃墜され、爆弾は1発も命中しない。1時間後、急降下爆撃機2機が来襲するが、いずれも撃墜。その直後、敵機の大編隊が南西に発見されたので、田中は駆逐艦に煙幕展張を命じ、各輸送船には回避運動を取らせた。だが、これらの敵機は西方50海里付近にあった第8艦隊の支援部隊のほうへ向かい、「衣笠」が撃沈、「五十鈴」大破、「鳥海」「摩耶」が小破。この攻撃後、支援部隊はショートランドへ避退し、残る田中隊のみが水道の南下を続ける。

その後の午前中、彼の船団は合計41機――B‐17　8機、雷撃機8機、その他急降下爆撃機、戦闘機――の攻撃を受けた。輸送船「かんべら丸」「長良丸」が被雷沈没。陸軍指揮官座乗の「佐渡丸」は爆弾で続航不能となり、沈没した2輸送船の乗員救助が完了した後、駆逐艦「天霧」「望月」の護衛でショートランドへ反転した。

2時間後、今度はB‐17　8機、急降下爆撃機24機の攻撃隊が戻ってきた。「ぶりすべん丸」が炎上し、まもなく沈没。1時間内にB‐17　6機、艦上爆撃機5機がさらに出現し、「信濃川丸」「ありぞな丸」

沈没。その他被害を与えられなかった小規模攻撃が数回実施されたが、日没30分前にB-17など21機が来襲、「那古丸」が火災を起こし短時間で沈没した。

夜の帳が下りて1日を通した航空攻撃が終結したのを受けて、田中は状況の詳細を検討した。船団は敵機100機以上の攻撃を受け、輸送船11隻中6隻撃沈、1隻反転、約400名が戦死したが、5000名以上という途方もない乗船兵士と船員が部下の駆逐艦に救助されていた。各艦は四散し、乗員達は疲れきっていた。だが、さらなる損失なくして逃げおおせようにも、彼は敵支配海域のあまりに奥深くまで侵入しすぎていたし、ガダルカナルの日本軍戦闘部隊にとってはどんな増援であってもきわめて重要だった。それらに加え、索敵機がガダルカナル東方に高速で北進中の敵巡洋艦4、駆逐艦4を報告していた。自らの脆弱な立場を思いあぐんでいた田中の、その胸中に渦巻いていた迷いは、すべて一通の連合艦隊直命電が解決した。「ガダルカナルへの進撃を継続すべし」。彼は4隻の残存輸送船をまとめ、「早潮」と第15駆逐隊3隻のみをもって目的地へ向け進撃した。

作戦の成り行きは明らかに望み薄となったが、第2艦隊が敵艦隊迎撃のため高速で南下しつつあると知って田中は気力を高揚させられる。すなわち、旗艦「愛宕」戦艦「霧島」第4戦隊の重巡2、駆逐艦数隻が揚陸作戦を直接支援することになったのだ。深夜頃、視程約7㎞の状態で田中は、援護役の各艦がサヴォ島へ接近し前方の配置につくのを認めた。

駆逐艦の先行部隊は、サヴォ島東側を通過して鉄底海峡に侵入したところで、敵巡洋艦数隻と接触。

激しい砲火が交わされ、星弾が夜空を照らす。サヴォ島西方を下ってきた第2艦隊のその他各艦も間もなく戦闘に加わり、「愛宕」の探照灯によって交戦相手が巡洋艦ではなく「ワシントン」級戦艦であることが露呈した。

前方の水平線上で展開される戦闘を見て、田中は輸送船を安全海域にとどめるよう進路を反転したが、佐藤大佐の第15駆逐隊3隻を乱戦に加えさせるべく派遣。少しして連合艦隊から、彼がすでに実施したとおり輸送船を避退させよという無線指示を受ける。

戦闘は約1時間続いたが、砲戦域が進路の西側へ移ると、唯一残る駆逐艦「早潮」の田中はただちに、残存輸送船4隻を率いて全速でタサファロンガに向かった。

当初の計画では、予定通り到着した輸送船は揚陸作業を深夜頃開始し、2時間で完了させることが可能だった。彼の現在の位置からだと、計画揚陸地点に到達して夜明け前に作業開始するのは不可能と思われる。日が出ると、タサファロンガからわずか数海里しかないヘンダーソン基地から米軍の爆撃機が群がってくるのは承知のこと。短時間で兵員を揚陸し、価値ある搭載物資が鉄底海峡の底の船と一緒にされてしまうのを避けるためには、各船を岸に乗り上げさせるしか手がなかった。日本の最優秀輸送船4隻を擱座させるという発想は、少なくとも先例のないことだったが、田中はそれ以外に解決策を考えることができなかった。彼は無電で上級者にこれを進言し、短時間内に返答するよう希望した。彼は前方にサヴォ島を視認できたし、ガダルカナル島はそのわずか数海里先なのである。第

8艦隊とそのそばにある陸軍第17軍はきっぱり否と答えたが、作戦上の直接指揮者である第2艦隊の答えは「擱座のうえ兵員を揚陸すべし」。

黎明時に到着すると、彼は輸送船を1列横隊に配置し、タサファロンガからドマ入江までの中間に至る距離の海岸に、ほぼ同時に擱座させた。そして戦闘後戻ってきた駆逐艦を集結させ、サヴォ島東側を通過して北方へ向かった。

予想通り米軍爆撃機は早速駆けつけ、のし上げた輸送船は炎上したが、兵士全員と軽火器、弾薬、及び必要装備の一部は無事揚陸された。駆逐艦隊が高速でショートランドに帰投すると、艦長たちは信号で米戦艦との交戦報告を伝えてくる。2隻の敵戦艦は第11駆逐隊、および第15駆逐隊の「親潮」の雷撃で損傷したことが判明。加えて戦闘の初期段階で、重巡2、駆逐艦1を撃沈、重巡1、駆逐艦1に大被害を与えた。日本側が戦艦「霧島」と駆逐艦「綾波」を失っていてもなお、帰還した戦士たちは第三次ソロモン海戦が自軍の有利に終ったものと考えたのであった。

ガダルカナル島の上には1万名以上がおり、それに対しまっとうな輸送作戦による補給がまったく成果をあげていない状況を受け、日本側上級司令部はいかなる手段でも試みる構えであった。あらゆる類の物資や医療品の供給を求める切羽詰った要望が連日とどき、11月末ごろには食料の枯渇が著しく、兵士達は雑草や野生動物を食するまでに落ちぶれていた。誰もが餓死の瀬戸際にあり、戦病者の数は増え、そうでない者も消耗していた。米側が制空権を握っているため、空輸補給は実施不能。潜水艦輸送が使われて若干の成果はあったものの、必要量を達成できなかった。そのようなわけで、兵員に対しドラム缶方式を用いた駆逐艦による補給作戦を試みることが決定したのである。

前線地域には大型の金属ドラムや、その他天面が取り外せるコンテナが大量にある。そこでこれを消毒し、基本的な食料品か医療品を充填するが、充分空気を残して浮力を確保しておく。そしてこれを駆逐艦の甲板上に搭載し、それぞれをしっかりしたロープでつないで長い連鎖を作り、舷側から押し出せるようにする。海中に投下したら、ロープの端を艦載艇で海岸の兵員に渡し、彼らの手で引きあげさせるのである。この案はテストされて実用的とわかり、ガダルカナルでもドラム缶方式を使うことを決定。田中は最初の輸送作戦を11月30日夜実施するよう下命された。

輸送作戦に使用可能な駆逐艦8隻のうち、6隻が各200〜240個のドラム缶を搭載した。その代償として全ての予備魚雷を陸揚げしなければならず、くり出せる打撃力は半減した。だが、前衛として選ばれた「高波」と、本作戦における田中の旗艦「長波」は貨物を搭載せず、従って戦闘に対して万全な備えをとっていた。

田中は夜明け前にショートランドを出撃、東へ向かって緩慢なペースでソロモン諸島の北側を通過し、自らの意図を隠そうと努めた。予想通り米長距離偵察機に発見追躡されたが、彼は計略が功を奏することを望んだ。昼頃、もはやガダルカナルに近づかない航路を維持するのが不可能となり、コースを南へ定め、旧式艦の最大巡航速力24ノットに上昇。雨が降り始め、彼は雲が新しい進路を隠匿するよう願う。1500時、ガダルカナル行きの最終段階へ向けて速力30ノットに増加。彼はタサファロンガとセギロウ（ドマ入江）沖に2330時ちょうど到着と計画しており、危機に瀕している兵員達は陸上で待っている手筈だった。

午後のうちに、索敵機がガダルカナル〜ツラギ間の海域に敵駆逐艦12、輸送船9を報告し、田中は部下各艦に対し警戒と指示を発令。「今夜会敵の算大なり。会敵時は揚陸に拘泥することなく敵撃滅に努めよ」

上級司令部から、もはや電文はなかった。第8艦隊も第11航空艦隊も沈黙。連合艦隊さえなしのつぶて。今回は彼の独壇場なのである。その挙動を制限する巡洋艦や戦艦はないし、足を引っ張る鈍重な輸送船もいない。いるのはただ、駆逐艦と、駆逐艦乗りたち——帝国海軍の最精鋭——だけだ。第15駆逐隊司令・佐藤虎次郎大佐は、ここ数ヶ月で何度も真価を発揮してきたが、司令旗を「巻波」に掲げタサファロンガ隊を指揮する予定であった。田中は作戦を支援する警戒艦として、逸材・小倉正身中佐指揮する「高波」に座乗する第31駆逐隊司令・清水俊夫大佐を選び、歩哨役を与えた。第24駆逐隊司令・中原義一郎大佐はセギロウ隊を指揮する計画である。実戦経験豊富な隈部伝中佐が指揮をとる旗艦「長波」の艦上で、彼は部下の指揮官達に全幅の信頼を置いて、自らが適切と思うとおり自由に立ち回ることになるはずであった。

彼は振り返って長い艦列を見やり、その戦力と美しさに感嘆した。「長波」「高波」「巻波」は帝国艦隊で最新最大の「夕雲」型であり、長大かつ流麗な姿、排水量２０７７トン、５２０００馬力を有し速力は要目上35・5ノット。主兵装は首尾線上の４連装魚雷発射管２基で、12・７㎝両用砲６門は連装３基として前部１基、後部背負式２基。そして25㎜対空機銃を連装２基４門搭載する。横から見るとそれら諸装備は、高さのある船首楼から前部主砲塔、二段の艦橋頂部へと段階的に立ち上がっていき、その上端が両用砲の方位盤。マスト後方から、魚雷発射管と次発装填装置などが長く背の低い構造物の中を後方へと続いていき、最後は２基の後部主砲塔から末広がりで円い平面形のクルーザースターンへと落ち込んで終る。きわめて堅固な三脚マストの基部は艦橋構造物後方でしっかりふんばり、その後ろには方位盤プラットフォームの高さまで達する大型の１番煙突。そして比較的長い隙間を置いて、より小さい２番煙突。２番主砲塔直前にあるメインマストはほとんど旗竿の域を出ず、前部煙突の高さまでしかない。これら各艦はまさしく小型巡洋艦のように見えた。

「陽炎」「黒潮」「親潮」は「陽炎」型である。「夕雲」型より２年早い１９３７〜38年の発注で、ごくわずかに排水量が少なく、機関と兵装は同一。しかし艦橋構造物が前後に短く、三脚マストの全体がはっきり見えるようになっていること、および前部煙突が太く少し短いこと（訳注：実際は同じ。写真から受けた錯覚だろう）から、見た目は若干異なっていた。

「江風」「涼風」は１９３４年度建造計画の艦で、排水量１６８０トン、出力は４２０００馬力にとどまり最高速力34ノットとなっていた。12・７㎝砲が１門少なく、２番砲塔は単装で、後部の２砲塔は背負い式をとらず両方とも上甲板にあった。

この揚陸作戦における彼の計画は、まったくシンプルだった。前路偵察と、他艦が揚陸作業中の哨戒のため、「高波」を10海里前方へ送る。「長波」は接岸航行の装備に優れるため、ドマ・リーフのすぐ海側の物資投入点まで「江風」「涼風」を誘導、その後は自由になって「高波」を援護する予定である。佐藤大佐は「巻波」「陽炎」「黒潮」「親潮」を連れてタサファロンガ沖の投下点に行く。「高波」から海峡に敵影なしの報告があるまで、田中は旗艦を先頭とする縦陣隊形を維持し、その後投下点へ向け散開させる考えだった。

2300時、すでに「高波」が前方で海峡の様子を探っている状況で、各艦に解列と指定配置への進出を下命。「長波」は右にそれて、小型の2隻の進路を誘導すべく速力を落とす。「高波」も減速しており南東への進路を直進している。どの瞳も、どの機器も、東の水平線に何物かを見つけ出そうと感覚を研ぎ澄ませている。佐藤大佐は4隻を率い、速力30ノットを維持してタサファロンガへ向けて前進を続けた。

日本海軍・田中頼三少将。ルンガ沖夜戦における日本部隊指揮官。
Photo from the Naval Historical Center

日本海軍「夕雲」型駆逐艦。「巻波」「長波」「高波」は本型に属する。写真は公試運転中の「早波」。
Photo from 大和ミュージアム

日本海軍「陽炎」型駆逐艦。「陽炎」「黒潮」「親潮」は本型に属する。写真は同型艦「天津風」。
Photo from 大和ミュージアム

日本海軍「海風」型駆逐艦。「江風」「海風」は本型に属する。
Photo from 大和ミュージアム

8 The Other Side 第8章 敵側

「江風」「涼風」がドマ沖に指標点を発見し、艦載艇降下のため減速すると、田中は何らかの事態が発生した場合にいくらか海面の広さに余裕が得られるよう、早速「長波」に対し「高波」の方向へ進出するよう指示を出す。彼らは、ツラギ島付近の海面上低いところを旋回している3機の航空機が放つ、赤と青の動き回る光に気づくことができたし、そこから米側が何らかの行動を起こしている可能性が高いことも察していた。佐藤隊の各艦が前進を続けたため、「長波」はその最後尾艦の後方を横切った。

2312時、張り詰めた無線の沈黙を「高波」が打ち破った。「敵影らしきもの見ゆ、方位100度」同艦はなお5000ヤード前方にあり、ほんのわずかながら陸岸から遠い沖側にあったが、はっきり視認できた。田中は闇に目を凝らす。右側、ガダルカナルの巨大な島影と、左側、フロリダ島とより小さい島々を示すかたまりとの間の領域で水平線がほの明るくなっているが、何も見えない。再び無線が飛んだ。「駆逐艦7隻発見」

間髪いれず田中は全艦にあて発信。「揚陸やめ。戦闘用意」艦列はすでに散開している。小型の2隻はドマ沖で停止、佐藤隊の4隻は「高波」の横を航過中で、搭載艇のクルーは乗艇を済ませ、甲板上の乗組員の半数はドラム缶の操作準備中だった。彼は混乱を推測することもできた。だが、部下は何ヶ月も実戦をくぐり抜けてきたのだ。全軍突撃を発令したとき、遅滞は一切ないと彼は確信していた。

数分の刻が進む。どの目も血眼になって敵影を見出そうとする。「敵艦発見、左舷艦首方向」――「長波」の見張員が敵を捉えた。田中は双眼鏡をとる。空の明るい部分を背に、いくつかの艦影の1隻毎をたやすく判別できた。その視野と対比して艦影を測る。駆逐艦であれば約8㎞と、彼は見積もった。

突然、敵部隊の左手の艦から鮮明な発砲の閃光。たちまち右隣の艦も加わる。「高波」と敵の間の空中が火箭で埋まりはじめ、目がくらまされて発砲の閃光しか見えないまでになる。「高波」の付近に間欠泉のようなしぶきの柱が立ち上り、同艦も応射を開始。田中は全軍命令を発信した。「全軍突撃せよ」

「長波」が全速命令で前面へとせり出したので、田中は敵艦に更なる閃光を望見できた。「高波」の砲弾が命中しているのだ。砲弾の嵐が周囲に落ちはじめ、旗艦も射撃を開始。敵艦列の2隻目と3隻目に命中の閃光を見る。「長波」の発砲が起こす轟音は、ほとんど敵弾が舷側至近で炸裂するにも等しい激しさで自艦を揺さぶった。前部主砲の濃い煙は、一斉射ごとに数秒間彼の視野を覆ったが、少なくとも自艦の武装で何も見えなくなるわけではなかった。

「高波」は数隻からの集中砲火を一身に引きつけ、その周囲の海は爆発で煮えたぎる大釜と化す。艦は被弾し、炎が空へと躍り上がるが、その砲は敵を撃ち続けた。右舷前方の佐藤隊も同様に割を食ってしまう。彼の司令駆逐艦が周囲に降り注ぐ砲弾の雨から生き延びることができたのは信じがたいのだが、同艦はなお指一本触れられていないのだ。

「長波」の探照灯が一瞬ひらめき、光芒が敵艦を捉えた。巡洋艦1隻、反航——隈部中佐は面舵いっぱいを命じ、艦を回して同航とする。今や30ノット以上で走りつつある艦が傾きながら旋回圏内へと入り込んでいくと、その周りを砲弾の吹雪がますます激しくなりながら降りしきったが、それでも被弾はない。空は数限りない星弾で、ほとんど真昼の様相。それらの落下による煙の痕跡が、敵との間に一幅のカーテンを作り出す。

もはや「高波」はひたすら燃え盛るばかりとなり、度重なる大爆発が艦をばらばらに引き裂いている。艦橋構造物はほとんど穴だらけで、炎の中。疑いなく壮絶な数の死傷者が出ているだろうことは、田中にもわかった。同艦は右舷に傾斜し、洋上でほとんど死んだような状態となったが、艦尾の薬煙幕発生装置からは濃い煙のかたまりが吐き出され続けており、広まりゆく棺の布に加わっていった。

「長波」が面舵を終えたところで、見張員が叫ぶ。「右舷、雷跡！」田中の目が光きらめく水面を掃く。死を呼ぶウェーキが艦首直前に1本、確実に艦底通過したと思われる2本目。右側にまだある。だが爆発はない。実際のところ、彼の旗艦が北西方向へ直進すると砲撃の雨は遠ざかっていき、「高波」の炎と煙が敵の砲撃の閃光を遮ったのだった。

白く輝く炎の塔が、先頭の敵駆逐艦から空へ立ち上り、海峡全体を照らし出す。彼は昼間と同じように他艦を見ることができた。駆逐艦2、巡洋艦1、さらに駆逐艦1、巡洋艦1、小型駆逐艦2。彼は砲撃と炸裂する砲弾の喧騒の中で先頭の巡洋艦を指定するが、隈部はその指示を待つまでもなく、その艦を攻撃しようとしていた。

2番目の巨大な炎の柱が1番目のそばで立ち上り、別の駆逐艦が被弾したことが明らかとなる。きっと「高波」が、自分がやられる前に魚雷を発射したのだ。だが新たに、飛来する砲弾の嵐が「長波」の艦尾波の直後に落下する。艦は30ノット以上出ているはずだ。そのとき、1隻目の巡洋艦が炎上中の敵艦の前を横切った。巡洋艦ではない。「テキサス」型戦艦だ。その船体の一切が、炎を背に浮かび上がる。2基のマッシブな前部主砲塔群、背後に積みあがった艦橋構造物、巨大な見張所を戴く見間違いようのない三脚前檣、顕著な煙突、やや低い後檣、やはり2基の後部主砲塔群。隈部は水雷長に命令を怒鳴った。「大物をやるぞ」

1943年、真珠湾で並んで憩う米重巡洋艦「ソルトレイク・シティ」(USS Salt Lake City CA-25)「ペンサコラ」「ニューオーリンズ」。「ニューオーリンズ」型と比べ、「ペンサコラ」型がどの程度背が高く、マスト頂部構造物が大きいかがわかる。もちろんこのことが、日本側が「ペンサコラ」を戦艦と識別し、「ミネアポリス」「ニューオーリンズ」は大型駆逐艦と判定したことに影響を及ぼしている。 Photo from National Archives.

「長波」は射距離が4㎞に縮まるまで我慢し、そこから取り舵を取って魚雷8本の斉射を実施。この距離なら外しようがない。隈部は目標を後方に置くまで転舵を続け、機関室を呼んでありったけの力を出させた。艦がちょうどエスペランス岬の右を向いたとき、田中は35ノットの全速を発揮しつつあると確信した。砲弾が左右の周辺に落下するが、ほとんどは後方だ。舷側至近に落ちる数え切れない弾が、1発も命中しないのは信じがたいことだった。至近弾で艦は激しく揺さぶられたが、実際の損害は片方の煙突に数箇所の断片貫通口が開いただけだった。

砲撃が始まった頃、「巻波」の佐藤

大佐は「高波」から2000ヤードの距離にあって、タサファロンガに接近するため速度を落とそうとしているところであった。彼はこれを改めて30ノットを維持し、射撃の閃光で敵艦列の概略がわかると、ただちに取り舵をとって敵を正横に置いた。砲弾が指揮下4隻の殿艦「黒潮」の付近に落下し始めたが、2分後には止まった。左舷後方遠くの星弾の傘が場面を照らし出し、彼は「高波」が大破炎上しているのを望見できた。大口径砲弾の斉射が彼の後方2～300mの至近海面に叩き込まれ、間欠泉の列が高々と立ち上る。15秒後、鋭い音が空気を引き裂いて1斉射の射弾が頭のすぐ上を通過し、右舷に水柱が上がった。さらに2斉射、「黒潮」から「親潮」の艦尾直後にかけて水壁を作るが、両艦とも被弾しなかった。

敵艦列の先頭から2列の火柱がかわるがわる上がり、続いて戦艦が現れる。射距離は明らかに遠いが、アメリカの旧式戦艦は21ノットしか発揮しないし、反航の対勢であることがはっきりしていたため、「黒潮」は幸運を期待しつつ機を見て長槍2本を発射した。佐藤は接近したいと考え、駆逐隊を2個小隊に分割のうえ「巻波」「陽炎」のみで敵を隠密追尾し攻撃を組み立てるべく、右方向へ転舵した。

「親潮」艦長も自分なりの考えを持っており、「黒潮」を率いて反転に近い進路をとり、35ノットに増速した。敵戦艦は一見して最上の目標であり、前衛駆逐艦2隻の火災を背にしたシルエットではっきり自らの存在を露見させてからは、規則的な主砲斉射の大きな閃光が刻々変わる現在位置を更新し続けた。「黒潮」の魚雷2本発射から11分後、いまや「高波」の炎と煙が尽き果ててしまった頃、「親潮」は戦艦に注意深く狙いを定め、魚雷8本を斉射。2隻が西進を続けエスペランス岬の付近を通り過ぎている間、同艦の乗員は誰もが、自分たちの魚雷が目標を捕捉するだろうという確信を持っていた。

ドマ沖では「江風」「涼風」が田中の揚陸中止命令を受信したが、いずれも搭載艇が海面にあり、砲員は甲板上で貨物ドラムのそばに立っている状態だった。ドラム缶の水面投入よりボートの揚収のほうが時間がかかると思われ、両艦長ともドラム缶を転倒させるよう命じた。ボートが水面を離れると、最初の敵弾が落ち始める。両艦長は急速前進を下命。彼らの付近に着弾する斉射は大口径砲のもので、正面2海里では「高波」が爆発している。「涼風」は敵主艦列のかなり右よりに数隻を発見、これに対し5インチ砲塔が射撃を開始。「江風」は僚艦を率いて面舵からほぼ反航のコースを取った。

彼らがエスペランス岬の方角へ向きを定めると、敵艦列は右舷後方の深い角度に、断続的な砲撃の閃光によってはっきり視認されたが、両艦の砲はもはや撃っておらず、降り注ぐ照明弾のまぶしい光の下で何も見えなくなった。巨大な炎が2隻の前衛艦から噴出したとき、彼らは動かない目標点を狙ったが、そこへ戦艦が自らのシルエットを現す。明らかな同航、しかも速度は約20ノットをさほど超えていないらしい。天佑だ。

雷跡の泡が揺らめく炎の反射に沿ってさっと走り、「涼風」のほうへまっすぐ向かってきた。乗員達が運命的爆発を待ち受ける間、同艦は左舷側のリーフの方へ、座礁の危険を冒しつつ取舵をいっぱ

写真左は重巡「ペンサコラ」、右は戦艦「テキサス」（USS Texas BB-35）。夜間では両者が混同される可能性もある。
Photo from National Archives.

いにきった。雷跡は岸のほうへと伸びていき、間もなくリーフ付近の海中で二つの大爆発が起こったが、艦には命中せず、「涼風」は舵を右に戻して先任艦を追った。

アメリカの旧式戦艦は「江風」の水雷科員にとって絶好の目標となる。その主砲6斉射ぶんにかけて入念な追跡を行ない、雷撃用方位盤の設定をすべて2度チェックした後、彼らはこの艦に対し魚雷8本の一斉雷撃を実施。大型艦は左側の目標を砲撃しているようだったが、進路はそのままで、その後の視認状況から速度の変更もないことが示された。最初の魚雷が水面をたたいてから5分少々、獲物のメインマスト上500mに炎が吹き上がり、艦の後半部全体が炎上して、「江風」の乗員達は歓喜の雄叫びを上げる。

その後方5海里の「親潮」「黒潮」も、この爆発を満足げに注視した。ちょうど「親潮」の魚雷が命中する時間でもあったのだ。火災が増して目標が致命的打撃を受けたことが明らかとなったため、両艦は別の獲物を捜索する。被弾した戦艦の向こう側で、巡洋艦か別の戦艦が射撃中だ。「黒潮」は雷撃をかけた艦とあわせてこの艦を追尾し続けており、それが今はサヴォ島のすぐ右側の水平線上に見えていた。同艦はこの影を狙い、最後に魚雷4本を発射した。

佐藤大佐は戦艦の爆発を見て、これに止めをさすべく「巻波」「陽炎」を大火災のほうへ反転させる。なおも炎上する「高波」の西を通り過ぎて距離が近づくと、この大型艦が左舷に大傾斜し、取舵を取ってほぼまっすぐ彼のほうへ向いてくるのを視認できた。だが「巻波」の乗員達は貨物ドラムを移動して魚雷発射管の位置をあける作業ができないし、距離は見る見る詰まってくる。彼は、乗員が魚雷を使用可能とする作業を行なう間、「巻波」をより安全な距離にとどめるよう決断した。「親潮」「黒潮」は約2海里遠方の岸寄りにおり、そこで2345時、「巻波」はこの両艦の左舷側で同航体勢となり、「陽炎」が単独で敵を撃沈すべく急行した。

2分後、夜が昼に変わる。炎上中の戦艦の背後数㎞、サヴォ島右手至近で、この激烈な夜のうちでも最大の爆発が空高く舞い上がったのだ。「陽炎」はこの火炎で別の戦艦がいると判定して襲撃を続け、前進して至近距離から魚雷4本を発射、さらに主砲から数斉射を加えて戦闘の仕上げとした。「長波」が高速で西方へ向かい戦闘区域を離れようとしていると、敵大型艦の1隻から規則的な9門斉射の追撃を受けた。しかし、その射距離では命中したかもしれないが、偏差の点で外れていた。それは田中が大口径砲について学んだことにことごとく反していた――きっと現人神《エンペラー》が天上神《ゴッド》にとりなしたのだ！

「江風」「涼風」もエスペランス岬のそばまで来たところで同じ待遇を受け、その数瞬後には雷跡の気泡数本を舷側至近に発見する。だが奇跡的にも、田中部隊の駆逐艦8隻のうち「高波」以外は何ら目ぼしい被害を受けなかった。米側の射撃の激しさと砲戦の継続時間から考えると、信じがたい話である。

田中はあらかじめ定めてあった会合点で部下を集合させたが、何度呼んでも「高波」からは何の返事もこなかった。彼は万一を案じ、同艦乗員を救援救助させるべく「親潮」「黒潮」を反転させる。0115時頃、両艦はくすぶり続けながらも浮いている「高波」を発見、生存者救助のため搭載艇を水面に下ろした。「黒潮」が同艦に接舷しようとしたそのとき、巡洋艦2、駆逐艦3の敵部隊が出現したが、距離が近すぎたため両者ともあえて撃とうとしない。魚雷が残っていない2隻の日本駆逐艦はやむなく「高波」の生存者多数を残したまま撤退し、残った彼らはカッターと筏に乗ってガダルカナル島の味方沿岸拠点を目指した。

無残な状態となった「高波」は、救援を試みた味方が海峡を去ってから1時間後、ついに海中の墓へと滑り込んでいったのであった。残る田中部隊の7隻は0830時ショートランド着、「長波」の後部煙突に数個の些細な穴が開いた以外は損害を受けていなかったことを白日の下で確認した。提督は上級司令部に宛てて心痛む優秀駆逐艦の損失を無電発信したが、米側に戦艦1、巡洋艦1、駆逐艦

1撃沈、巡洋艦1、駆逐艦3大破の損害があったと推定した。

日本軍は自らが敵部隊――戦艦1を中央に据え、巡洋艦と駆逐艦数隻を前後に配置する構成だったと信じていた――に対しよく戦ったと感じたものの、補給作戦は阻まれてしまった。ドラム缶補給システムは今回の戦闘の後も数回用いられたが、実際に陸岸まで引き寄せられるドラム缶の比率はきわめて失望的だった。結局、味方がガダルカナル島の周辺洋上と上空を支配できない限り陸岸の兵隊への補給は成しえないということが、如実に示された。この運命的戦闘の1ヵ月後、上級司令部は敗北と撤退を受け入れる決定を下す。

9
The Torpedo Problem
第9章 魚雷の問題

もし米側の魚雷が巧妙に使いこなされていれば、この戦闘の所産が違うものになっていただろうということに、海軍士官の誰しもが気づいただろう。コール中佐が部下の駆逐艦にもっと射距離を詰めさせ、高速駛走の設定ができていても、彼が最初に許可を求めたときライト提督が彼を解き放って雷撃させていても、ライト提督が巡洋艦陣を後方にとどめて駆逐艦隊に攻撃完遂のチャンスを与えるか、砲撃開始を充分遅らせて魚雷に効果を発揮させるかしていても、寸分たがわぬことが起こったと思われる。

「フレッチャー」が発射した10本、「パーキンス」の6本、「ドレイトン」の都合6本の魚雷は、練達の水雷科員が注意深く手入れし、完璧な精度で発射されていながら、根本的な欠陥を持っていたため敵に被害を与えられなかった。起爆装置に信頼性がなく、魚雷は少なくとも10フィート深く駛走した。これら前衛駆逐艦4隻の献身的な乗組員達は、仕事をしない武器を持って危険な場所へ行かされた。湿った火薬で戦闘に送り込まれていたのだ。

第二次大戦前の時期における米海軍の魚雷開発と試験にまつわる長い苦闘の物語は、ふくれあがった夢想と理知的な勇気と、気の利いた着想、限られた知識、誤った設計、不充分なテスト、闇雲な信念、愚直な忠誠心、知的傲慢、組織の硬直、そしてとてつもない強情さが信じがたいまでに寄り集まったものであり、そのすべてが、あらゆる事物の発展における最も危険な要素として知られるもの——秘密主義で綴りあわされていた。

第一次大戦時の独Uボートの成功は、魚雷をありうべき脅威から現実の領域へと導いた。この機械仕掛けの鮫は、海に浮かぶあらゆる船の内蔵を引き裂くことができたし、被雷した船はほとんどの場合、沈没の運命にあった。しかし1920年代、1930年代はなお大艦巨砲の時代であった。近代戦艦は1トンもの砲弾を20海里もの遠方まで放り込む施条砲を備え、艦隊の根幹であり海軍思想の中心にあった。

艦艇設計者は、入念な区画化や装甲の厚さ・強度の増大をもって増大し続ける巨砲の挑戦に対抗し、最終的にはブリスター（バルジ）によって魚雷攻撃から舷側装甲を保護した。しかし彼らは、艦底部の防御についてはほとんど手の打ちようがなかった。艦底での爆発では周辺を取り巻く大量の水が爆圧を上方向へと収束させ、船を丸ごと持ち上げ背骨を折ってしまう。目標艦の下方を通過させ、その艦底から上向きに爆発するような魚雷を設計するというのは、すばらしいアイデアではないだろうか。

ロードアイランド州ニューポートの海軍水雷部（The Navy Torpedo Station）は作業に着手し、船体の鉄材が引き起こす地球磁場のゆがみに反応する起爆装置を設計する。魚雷の深度は目標の竜骨の約5フィート下方を通過するよう調定可能で、魚雷が目標の下方を通過し磁気的影響が極大に達すると起爆装置が弾頭を炸裂させる。設定深度が浅すぎ、結果として魚雷が船体に打突した場合は、急激な減速によって作動する2番目の機構が弾頭を炸裂させる。かくして、こんなすばらしい魚雷ならば世界最高とうそぶいても無理はない。魚雷は命中するようにもしないようにも設定することができ、そのどちらの場合でも目標を捕らえるのだ。

最大限の秘匿のもと、成長を続ける電気工業を背景に、その最先端の技術を用いて、魚雷部は機構の開発と部品の試験を進め、ついに起爆装置の試作品を製作した。１９２６年、廃棄潜水艦が標的として洋上に曳き出され、新型起爆装置を備えた実用魚雷がその竜骨下に対し発射される。大爆発で船体は二つに折れ、海中深くへと没した。この起爆装置は海軍機密兵器Ｍｋ６として生産開始されるが、戦時使用限定としてそのまま保管され、機械的には同一だが触発機構のみ備え磁気機構を持たない起爆装置がＭｋ５として艦隊に支給された。Ｍｋ６は第二次大戦勃発前、一度も実艦的に対し実用魚雷で試験されることがなかったし、就役艦に支給されて運用試験を受けることもなかった。

水雷部は、ワシントンのコンスティチューション通り、海軍の中央施設にある兵器局水雷担当主任の命令系統下にある。この要職を占める将校は通例中佐か新任の大佐だが、彼こそ魚雷の絶対権者であった。Ｍｋ６起爆装置の存在と特徴は軍事機密であり、厳密に守秘されなければならない。大半が民間人だった水雷部のごく一握りと、兵器局の幹部数人と、海軍作戦本部長ぐらいがその存在を知っていたのである。

同じ頃、海軍は新型艦艇及び航空機用の新系列魚雷を開発しつつあった。Ｍｋ13は、さほど射程距離はいらないが可能な限り軽量な装備を求める航空機用。Ｍｋ14は、きわめて狭苦しいスペースでの搬送や整備を強いられ、水中魚雷発射管から発射される潜水艦用。そしてＭｋ15が駆逐艦用で、水上発射管から発射され横腹を水面に打ち付けるため充分な強度がなければならない。できるだけ長い射程も欲しい。Ｍｋ６起爆装置は１００ポンド以上もあって体積と重量が大きく、そのため各種魚雷はこれを収容するよう設計され、Ｍｋ５起爆装置はそれと均一になるよう重量とサイズが水増しされた。

時を経て戦争が近づくと、艦隊司令官やその司令部内のしかるべき一部少人数に対して新型起爆装置の情報が与えられ、要所にストックが集積された。真珠湾で爆弾が降り止むかやまないかのうちから、特別チームが各艦・各隊へ向かい、全艦隊の魚雷からＭｋ５を撤去しＭｋ６を装着した。

潜水艦の最初の戦闘哨戒は失望的であった。多数のフィッシュ（魚雷）が発射されたが、沈んだ目標はほんのわずかしかない。帰投した艦長たちは、自分たちの魚雷が熱走（訳注：内燃機関が正常に作動している状態）・直進し、目標に対し正常かつ正確に駛走したと確信していたが、古株の連中はそれを経験不足のせいだとした。目標の水線に爆発を視認した艦長もいたが、船は航行を続けた。彼らはこの弾頭が、目標到達の直前に炸裂する「早爆」を起こしているのではと疑いはじめる。サカナの駛走深度が深すぎて、磁気検知器にとって船体に充分近づいていないのかもしれない。自身が潜水艦乗りだったニミッツ太平洋艦隊司令長官はこれに関心を持ち、実際の駛走深度を測定するためＭｋ14を沈めた網に対し発射貫通させるよう命じた。１９４２年８月１日、潜水艦部隊司令部はＭｋ14の深度機能に10フィートの誤差があるとの情報を与えられたが、他の形式の魚雷については何もなされなかった。

ミッドウェイ海戦では、雷撃機３個中隊がＭｋ13魚雷を装備して敵に向かい、数えるほどの機体だけが帰還した。彼らはアメリカにおける、最も経験豊かで最高の訓練を受けた雷撃機搭乗員であったが、それでも１本の命中も記録しなかった。この失敗は零戦の大群や旧式化した機体、そして不運のためと思われたが、狙った目標の舷側至近、回避しようもない距離で発射された、半ダースもの致命的威力を持つ魚雷が、なぜなんらの戦果も生み出さなかったのか、官僚主義が疑問を持つことは一切なかったのであった。

駆逐艦用兵装の実戦テストが始まるのは、サヴォ島の名がよく知られるようになってからのことである。最初の戦闘で三川艦隊の艦列に対する「バグレイ」の全魚雷斉射が無効だったのは、雷撃時期が遅すぎてチャンスを失したものとして片付けられた。２ヵ月後、「ダンカン」が後藤艦隊の旗艦に単艦突撃をかけた件でも、思い起こされるのは燃えながら戦場をよろめき離脱する「ダンカン」の残骸であって、距離1海里未満で「古鷹」に発射した命がけの魚雷攻撃ではなかった。さらに1ヵ月後、11月13日夜の決戦では、「バートン」が撃沈される前に魚雷４本を発射しながらもなんら効果が見られず、「カッシング」は距離１０００ヤードで「比叡」に魚雷６本を発射、３本が金的を射抜いたと思われたが、この大型艦にまったく効果を得ず早爆したらしい。「ラフェイ」も、自身が砲撃で打ちのめされ雷撃を受ける前、この戦艦に零距離照準で魚雷2本を放ち、バルジで跳ね返されるのを視認している。「ステレット」は理想的射距離２０００ヤードから巨艦に対し魚雷４本を斉射したが何も起こらず、「オバノン」がこれに2本を加え、雷跡のリボンがまっすぐ目標めがけて向かうのを見たが、爆発は起こらなかった。「モンセン」は5本を４０００ヤードから「比叡」に、その他を高速航行中の目標に正横から展開したが、その努力に対しまったく爆発を見ず。「フレッチャー」は、混戦がおさまった後で距離７０００ヤードから慎重にレーダー雷撃を行ない、魚雷10本を発射、標的の方角に閃光を望見して喜んだものの、それっきりだった。「比叡」の致命傷は巡洋艦の砲弾が舵機室に突入したもので、「霧島」はこの戦闘中雷撃を受けなかった。

２日後、米駆逐艦４隻は、攻撃してきた多種類の日本艦艇に有効な雷撃を行なうより前に砲撃で叩きのめされてしまう。戦闘中に魚雷を消費したのは「グウィン」のみだが、それも中部に砲弾が命中したショックで発射管内の固定ピンが折損し、一部の魚雷が攻撃能力を持たない状態で滑落したものであった。翌日、「ベンハム」が生き延びられないことが明白となると、「グウィン」が撃沈処分を命じられるが、近距離からMk15魚雷4本を発射して成果がなかった。「グウィン」は仕方なく同艦を砲撃で沈めた。

サンタ・クルズの空母戦からも、Mk15魚雷の欠陥を示唆するヒントがもたらされた。撃墜された味方機のパイロットを停止して救助していた「ポーター」が、日本潜水艦の雷撃を受けた。戦闘が一段落し日本潜水艦が追い払われてから、「ポーター」の救援は不可能と決まり、「ショウ」が同艦の処分作業を割り当てられる。最適の射距離から魚雷2本が発射され、処分艦の下を潜り抜けて効果なし。「ショウ」は同艦を5インチ砲の射撃で沈めなければならなかった。同日夕方には行動不能となった「ホーネット」の海没処分が決定、駆逐艦「マスティン」と「アンダーソン」は動かない船体にそれぞれ8本の〝フィッシュ〟を至近距離から発射したが、ほとんど効果がなかった。そこで両艦は5インチ砲弾で空母を沈めようとしたものの、うまくいかなかった。

どこかにとんでもない間違いがある、という叫びが、苦闘の報告書の書面から発せられていたが、細分化された責任範囲に立てこもる幕僚達はラジオや紙面で利己的な論評をこね回し続け、水雷担当主任はかたくなな態度を崩さなかった。将官達は自分たちの〝フォー・パイパー〟時代の記憶にそぐわないものなら何でも批判したが、兵器のことは専門家任せだった。結果としてこの失敗は、問題が魚雷自体にあることを認識されないまま、魚雷の運用者の責任とされてしまったのであった。太平洋艦隊司令長官は、よりよい慣熟訓練といっそうの魚雷運用演習を要求した——兵器局長にこれら忌まわしい魚雷の改良を命じるかわりに、である。

もちろんＭｋ６の磁気機構の不具合は、その部分の作動を停止させ直接命中させるよう発射すれば無効化できる。運用者がそうするよう決めることは、ニューポートのＭｋ６の発明者たちにとっては苦渋の策だったろう。当人は、今まで兵士達に供与された中で最も致命的な兵器を開発したと固く信じていたのだ。多くの潜水艦長は、すばらしき磁気機構をあてにすることを早々と拒絶し、触発設定のみを用いたが、それでも実際の問題の半分も解決していないように見えた。魚雷はたまには設計どおり爆発したが、しばしば、とりわけ完璧な正横攻撃に用いられたとき爆発しなかった。艦長たちは文句を言い、提督たちは疑問を持ったが、兵器局のほうはＭｋ14が良好な起爆装置を持つ良好な魚雷であるとの信念をかたくなに守った。

さらに、水雷部には自分たちの製品に対する信頼を保ち続ける大きな理由があった。これらの魚雷は海軍工廠で最も入念な試験を受けた武器だったのだ。艦隊に供給された魚雷はいずれも、ニューポートかワシントン州キーポートの試射場で1回以上の試射に成功しており、記録を参照すればその正確な成績が証明できた。各魚雷が艦隊へ向かう際はその1本ごとに付属する記録台帳が、配備されている期間中その成績の構成要素の細部まで一切を示していた。

ルンガ沖夜戦から8ヶ月近く経った1943年7月24日、米潜「ティノーサ」は油槽船として使われていた約20000トンの捕鯨母船「第三図南丸」を撃破し、船尾近くに命中した魚雷1本で巨大な船体を停止させる。それから同艦はとどめの一撃を執行すべく、巨船の正横約1000ヤードの理想的位置へ移動、その横腹を目がけて次々と8本の魚雷を触発深度で発射し、命中音を聞くこともできたが、すべて炸裂しなかった。艦長L.R.〝ダン〟ダスピット少佐は、真珠湾に戻って来るなり太平洋潜水艦部隊司令官ロックウッド少将のところに直行し、手を打つよう要求。少将はそれを受け入れた。

まずロックウッドは、潜水艦1隻を洋上へ送り、カホロエ島南岸で注意深く準備した魚雷2本を発射し海底深くにある崖に直接当てるよう命じた。1本は炸裂したが、もう1本は炸裂しない。不発弾は回収され、起爆尖が命中時に解放されながら雷管を打たなかったことを示した。

続いて彼は海岸に建設された塔を買収し、Mk6起爆装置と補助装薬を備えるが、その他の爆薬はない魚雷を落としてみた。鉄板上に頭から90フィート落下させ、魚雷が船舶の舷側に命中する衝撃の2倍としたが、10回中7回で補助装薬が炸裂しなかった。瞬間的な減速によってもたらされる摩擦が大きすぎて、起爆尖のスプリングが尖を充分作動させなかったのであった。追加実験から、「ティノーサ」が「第三図南丸」の船尾付近に命中させた雷撃のように、斜めから擦過するような場合だと起爆尖が作動できることが明らかとなる。ニューポートの頑固者たちの胸中に焚かれた信念の火を燃やし続けたのは、斜めこすりで得られたたまたまの成功だったわけだ。それは第二次大戦の長い苦闘のあいだ、何千もの船乗りや飛行機乗りの死に貢献した信念であった。

他にも興味深い運命の気まぐれとして、アルバート・アインシュタイン教授が開戦時にＭｋ６の設計を見せられて、これは作動しないだろうと語り、海軍で最もよく保持されていた機密を教授に見せた高慢な将校がショックを受けたという話がある。教授はさらに時間をとり、簡単につぶれて減速を緩和して起爆尖スプリングがちゃんと役目を果たす、魚雷頭部に装着可能な部品のスケッチが含まれた書簡を翌日送りつけた。

しかし１９４２年11月30日当時、コール隊の駆逐艦４隻はＭｋ６起爆装置を装着したＭｋ15魚雷を搭載しており、太平洋駆逐艦部隊司令官の指示通り目標の艦底下方を航過するよう設定していたのだ。

試射場での発射テストや実艦からの通常の訓練発射では、起爆装置を備える弾頭は雷体から外され、その位置に訓練用弾頭が装着される。この訓練用弾頭は、魚雷の成績を記録するのに必要な各種計測機器を収めたうえ、水を充填して起爆装置の重量に相当させてある。魚雷が燃料を使い果たして駛走が終了すると、圧縮空気がこの水を排出し、それによって得られる浮力が魚雷を浮き上がらせ、回収から洗浄、そして再使用のための準備を整えることができるわけである。

艦隊内で各艦は、魚雷の準備と使用について、各自の持つ実用魚雷を相互間で発射しあうよう訓練されていた。もちろんその魚雷は爆発しない訓練用弾頭しか装備しないし、目標艦の竜骨下を安全に航過するよう調定された。速度45ノットで走る1・5ｔもの魚雷を味方の目標役に当ててしまうと重大な被害を与えてしまいかねないから、すべての調節作業は安全な、つまり魚雷が確実に充分な深度を走るほうへと偏るのが常であった。

１９３８年、ある駆逐隊の所属艦がサン・ディエゴ沖で、自分たちの魚雷が深深度駛走し、訓練弾頭が海底90フィートの泥をかぶって浮上したと報告した。調査のため派遣された兵器局の担当者は、原因を駆逐艦乗りの雑な取り扱いや整備不良の結果とした。同じ年、ニューポートは相当な時間をとって、ＴＢＤ雷撃機がＭｋ13魚雷を投下する際の適切な速度と高度の組み合わせを策定しようとした。魚雷はナラガンセット湾の底に突っ込み続けたのであった。

魚雷が走っているときの深度は、それを測定網を通すように発射し、あいた穴から水面までの距離を測ることで簡単に判定できるのだが、ニューポートはこの考え方を好まなかった。網では芸がないし面倒くさいというのだ。この当時、測定網が繋維装置からまっすぐ吊下げられているかどうか、あてにできなかった。ニューポートは魚雷の深度について、訓練弾頭に積んであるバログラフ（自記水圧計）で測るほうを好んだ。

バログラフを用いた魚雷の深度と時間の記録は、それぞれの訓練魚雷を洋上で測定網の心配をすることもなく使用できたことから、なかなか見事なアイデアだった。唯一厄介だったのは、深度測定がそれほど簡単ではなかったことだ。設計者はベルヌーイの法則（訳注：ベルヌーイの法則とは、流体において運動エネルギーと位置エネルギーと圧力の和が一定であることを示すもの。たとえば翼の揚力に適用した場合、翼の上面のカーブで空気の速度（運動エネルギー）が下面より増大したぶん圧力が低下し、翼を上に押し上げる力が発生する）を忘れていた。魚雷側面の計測孔で示される水圧は、孔の上にある水の重量によってもたらされる圧力となるが、それは孔を流れ過ぎる水流速度の二乗に相応するぶん減少する。また、計測孔を通過する水流速度は、ふつう魚雷本体が水中を駛走する速度に等しいものと推測されるはずなのが、雷体のどこに開口が位置するか、とりわけ開口部周辺の構造物の形状次第で、水流の速度が雷速を上回ったり下回ったりするということも起こりうる。深度設定は計測孔での水圧に依拠しており、それが調定機構を作動させ、しかも静止状態で計測された深度設定用の値に合致させるようになっているため、結果として魚雷は調定深度よりも実際には深く駛走せざるを得ない。魚雷は水中を高速で移動すればするほど、設定水圧に合致するよう、どんどん深く走ることになってしまったのだ。

このような事情から、米軍の入念な魚雷試験にはいくつかの点で大きな不備があった。様々なタイプの船の船体に対する弾頭の破壊力が実験されておらず、その船体に対し、あるいは遭遇するであろう様々な磁気的条件のもとでのMk6起爆装置の作用も確証が得られていなかった。そして魚雷の深度調整能力は、それ自体からして誤った数字を出す機材によって測定されていたのである。

ロックウッド少将の果敢な行動で、Mk6起爆装置の欠陥は1943年晩夏には明らかとなったが、

Ｍｋ15とその同系魚雷の深度性能を巡る実情がはっきりしたのはようやく１９４４年春のことで、深度調定機構の計測孔で見られる水圧が魚雷周囲の水流パターンによって予測よりかなり異なるものとなっていたことが、風洞実験で実証されたのである。兵器局のブランディ提督は、欠陥を是正し新世代の改良型魚雷を開発すべく徹底的な実験プログラムを開始したが、あいにく太平洋戦域の雌雄を決する戦いはすでに終っていたのであった。

読者諸氏はまた、なぜ米海軍が空気を純酸素と置き換えるような魚雷推進に関する明確な解決策を何もとらなかったかについても、不思議を感じるのではなかろうか。実際のところ、ニューポートの魚雷部は１９２０年代を通じてその類の開発を精力的に行なっており、１９３１年には試作型酸素魚雷の試験を実施した。だが残念ながら機関部が焼きついて、制御不能となってしまった。開発担当の研究施設で起きた火災の被害も大きく、１９３０年代初期は資金的にもきわめて厳しかった。

米海軍はむしろ、扱いやすさに長じると考えられたことから純酸素より過酸化水素を好んだ。これを触媒に噴射すると自由酸素を多く含む蒸気が発生し、それにディーゼル油のような燃料を噴射すると相当な力を持つ生成物が発生する。過酸化水素の美点は、高圧圧縮を維持する必要がないことと反応速度を制御しやすいことである。ニューポートは構成成分を特定比で配合したものをナヴォール（Navol）と命名し、１９３７年にはナヴォール推進のＭｋ14魚雷が速度46ノットで１６５００ヤード駛走する。兵器局は駆逐艦用ナヴォール魚雷Ｍｋ17の生産計画を開始。その公称性能は50ノット

16000ヤード、搭載弾頭重量600ポンドであったが、1941年12月7日の時点では6本しか完成していなかった。この計画は拡張されて潜水艦用魚雷Mk16が開発され、終戦までにニューポートは約1000本のナヴォール魚雷を生産したのである。

10 The Gunnery Problem 第10章 砲術の問題

レーダーは傑出した発明であり、その開発自体が第二次大戦史の大きな部分を形成する。バトル・オブ・ブリテンでは、レーダーのおかげで長距離で航空機を探知できるようになり、それによって防衛組織は警報発令を、航空機はスクランブル発進を、非戦闘員は防空壕への退避を実施できた。防空戦闘機部隊を、来襲する爆撃機隊を投弾点のはるか前で迎撃するように指向させることもできた。また、夜間や悪天候でも安全に飛行できるという新たな時代を開いた。大西洋では潜水艦に潜航を強要し、その有効性を著しく減衰させた。太平洋では空母機動部隊の防御を著しく強化し、夜戦に新たな能力を導き入れた。

米太平洋艦隊で最初に実用化された艦載レーダーはＣＸＡＭ型で、周波数が比較的低く、巨大な

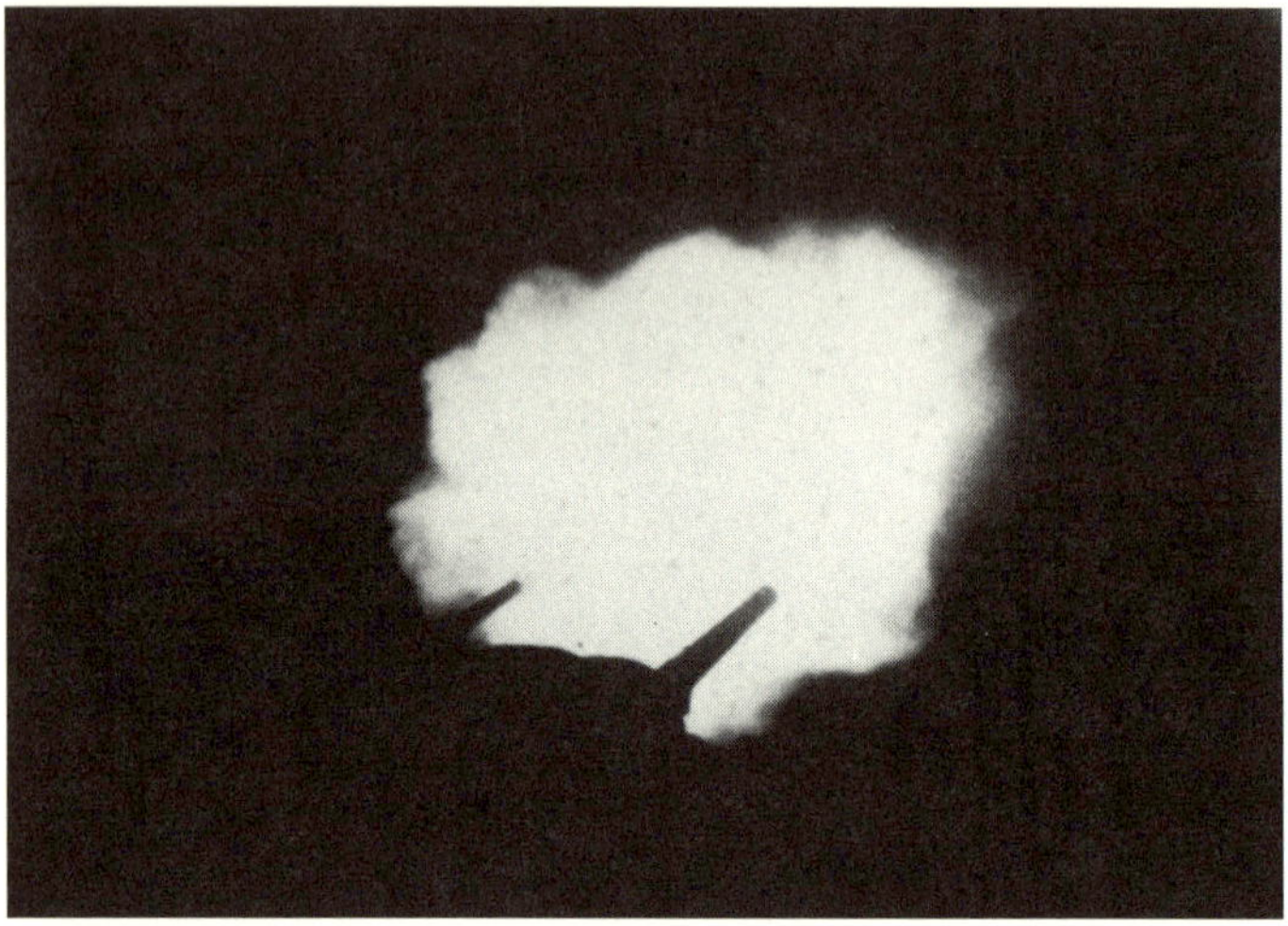

無閃光装薬の使用によって減衰された発砲光。1943年8月18日、ヴェラ・ラヴェラ海戦の米駆逐艦「ニコラス」(USS Nicholas DD-449)。
Photo from National Archives.

「ベッドスプリング」アンテナを有するため最大級の艦しか搭載できなかった。これは接近する航空機を約75海里の距離で確実に探知可能な、実に優秀なレーダーであった。幅広のビームで回転速度は低いが、警戒用の機器としては上出来で、航空管制官の錬度が高まると来襲する敵機の迎撃に充分役立った。だが、回転の遅さゆえ海面上では顕著な死角を有し、そのため艦船探知用としてはあまり有効ではなかった。

若干周波数の高い小型艦用のSCレーダーが開発されたが、性能と信頼性の点でCXAMには到底比肩しなかった。航空機の最大探知可能距離は約60海里で、場合によっては水上目標の探知にも効果があったが、それは捜索手順をうまく行なった場合の話で、多くの艦ではそうそううまく行くことはめったになかった。

これら初期型レーダーのアンテナは装備可能な限りの高い位置に設置された。コンソールには陰極線スコープがあり、スコープの画面をスキャンする水平な距離ラインの上に光点《ブリップ》が現れることで標的の存在が示される。それまでレーダーは水平線をゆっくりスキャンし、光点を発見すると操作員はアンテナの動きを中断し、その方向の前後を行き来させて中心を見出す。距離はその後で、レバーを回して標的光点の外に測的ステップを動かし、得られる目盛盤上の距離値を読み取って測定する。残念ながら大型アンテナをもってしても、これら初期型レーダーは送信波の幅が広く、アンテナのサイドローブも大きいため、別の方向にも相当な量のエネルギーが集中してしまう。その結果、レーダーの近くに陸地や激しいスコールがあると、アンテナをどの方向に回しても充分なエネルギーの反射が受信され、受信機が飽和状態となってしまう。陸地や気象の雑音反射《クラッター》がある距離帯では、比較的感度の低い目標を探知しようとしても、雑音反射に隠されてしまうのだ。

これまでの章でもしばしば言及している通り、水上艦艇探知用として開発された最初のレーダーであるSG型は飛躍的な前進であった。対空捜索レーダーよりもかなり高い周波数で作動し、送信幅は3度と狭く、サイドローブは問題にならなかった。最も重要なのは、水平線全周捜索1回を4秒毎に行なうスキャン速度の速さ、そして自艦を中心に置き標的の真方位と相対距離を示す「図上投影式表示方式（Plan Projection Indicator; PPI）」スコープに反射波を表示する点であった。スコープは長距離設定で最大7５000ヤード、短距離設定で最大1５000ヤードを表示できた。PPIスクリーンは特殊コーティングによって充分な時間光り、1回のスキャンの反射波が次のスキャンで更新されるまで続くことで、連続的な映像が示されるようになっている。船乗りははじめて、昼夜問わず自分の周りの海を鳥瞰視する目を持ったのだ。

だがSGレーダーにも欠点はあった。3度の送信幅ではやはり小さい目標が大きく捉えられ、隣接する他の目標と同化させてしまうのだが、最大の不利は距離を精密に測定するときで、アンテナを行き来させて標的の中心を確認し隣接する距離スコープの数値を読みとっている間は、アンテナの規則的旋回を中断する必要があった点である。これには各標的あたり数秒かかったため、正確な距離と方位を要求されるたびに画像表示が失われてしまうのであった。

射撃管制レーダーは、異なる一連の問題を解決しなければならなかった。第二次大戦が始まった頃、海軍の砲術科学は空前の高水準に達していた。ワシントンの海軍造兵工廠では莫大な施条砲身が極限的な精度で生産され、装甲砲塔や非装甲砲架に搭載され、それらは各砲に弾を装填し俯仰旋回させる強力なメカニズムを詰め込まれた。旧式な砲の場合、照準手と旋回手、射撃指揮装置からの同調信号に従う指示手の組み合わせに依存したが、新型砲では自動操作に移行し操作員は監視するだけであった。弾道、大気密度、自艦の針路と縦揺れ・横揺れ、標的の針路・速度、その他諸々の精妙な誤差の補正は驚異的な電動機械式算定盤で計算され、射撃指揮装置からの生の信号が加えられて砲の旋回指示と俯仰指示が算出される。射撃指揮装置に優秀な光学レンズが装備されれば、正確な標的の観測と精密な仰角・旋回角の計測が可能となるが、距離の計測は非常な難問であった。

伝統的に距離は光学測距儀で測っており、戦艦の装備で左右レンズ間の距離が40フィートに達したが、その精度は大気条件や使用者のエラーにより決して充分信頼できるわけではない。そのうえ視程の短い場合や夜間には使用できなかった。レーダーは突如として、わずか数フィートの距離精度を約束したうえ、夜の暗黒の中でも使用可能であった。射撃用レーダーは航空管制レーダーと同様、あらゆる点で多大な期待が寄せられ、兵器局の設計担当者は忙殺された。１９４１年末、水上射撃用ＦＣレーダーが出現し、巡洋艦やその他大型艦の主砲射撃指揮装置上に奇妙な雪かきシャベルに似たアンテナが見られるようになる。続いて１９４２年春頃、ＳＣレーダーの艦隊普及と並行して、ＦＣレーダーのアンテナを縦に2基重ねたような外見の装置が、全戦闘艦艇の両用砲測距儀上に搭載される。これはＦＤレーダーで、標的の距離と方位だけでなく航空機の高度も測定可能であった。夜、霧、雨や雪は、砲手の視界を邪魔する力を失ったのだ。

射撃指揮レーダーは、受信機を飽和させ、感度を低下させる「オートマチック・サーキット」を引き起こすクラッターを消去するため、レンジ・ゲート方式に切り替えることができた。この場合、選択した標的の付近からの反響が予想される時間内に返ってくる反射信号だけが表示される。レンジ・ゲートは通常５００または１０００ヤードに設定され、標的指示部を中間に置いて、標的が探知されているあいだ弾着観測と修整操作を可能とする。とりわけ対空射撃に対しては、いっそう短いレンジ・ゲートを選択することもできるが、ゲートの外に落ちる弾はまったく見えない。FCまたはFDレーダーの主操作盤には距離操作員が配置され、ハンドルを回し指標中央に標的反応を置き続けて距離を測り、その値は射撃算定盤に自動送信された。距離精度と弾着点表示能力の向上は驚くべきものであった。

旋回と俯仰における追尾のため、レーダーアンテナは電気的に2分割されており、それぞれ標的との照準線の若干外を指していた。レーダー電波は2分割の両部分から毎秒約1000回の周期で交互に送信され、受信された反射波は射撃指揮装置の照準手か旋回手の手元のスコープに表示される。アンテナの両側から来るレンジ・ゲート範囲内のすべての標的反射波は操作員のスコープ上で一緒に表示され、一方からの受信はもう一方のものからわずかに遅れてトレースが分離される。照準手ないし旋回手は指揮装置を動かして、両側からの受信波の表示高が均一になるよう維持する。

FCレーダーやFDレーダーは、明白な状況下で単一目標に射撃を行なう場合はきわめて有効であった。だが、レンジ・ゲート内に同時に二つの標的が見つかった場合、操作員はその相違をひとまず無視して指揮装置を両者の中間に指向させる傾向があった。標的の縦揺れ・横揺れやその他諸要素の変化によってレンジ・ゲート内の受信エコーはきわめて不規則でもあるし、船の目視的外見とレーダー上でそれらしく見えるものとの間にはほとんど関連がない。（スコープに表示される）表示高の高さを均等に維持するのは、簡単なことではないのだ。いうなれば、イモ虫の身もだえを観察したり、その動きに反応しようとするようなものだ。弾着の水柱はレンジ・ゲート内に余計な標的を加え、操作員はそちらに気を取られて水柱を追いかけさせてしまう。

まず標的を他の存在から見分けるに際しては、射撃指揮レーダーは貧弱で捜索用として設計されたレーダーにとってかわるものではなかった。レンジ・ゲートが目標に向くまではほとんど何も見えず、ありとあらゆるクラッターから正当な標的を見出すこともままならないし、反応がゲートの中に入るまで旋回手は何も進められない。射撃指揮装置は通例、捜索レーダーで得られたデータからの指示を受けて標的に向けられたのである。

むしろ好まれたのは、レーダーを距離測定に、光学装置を旋回俯仰に用いる射撃法であった。照準手と旋回手は、レーダーで追尾している間は、ふつう光学照準器を使って安定的に標的を十字に捉え続けることができた。しかし十字線はしばしば標的の上を前後に揺れ動き、時として船体長1隻ぶんは離れてしまう。何らかの理由で標的が曖昧になってしまうと、照準手や旋回手は望遠鏡から目を離し、そのそばの小さなレーダースコープを見やって標的反応の整合作業に移ることができる。従って、レーダーは旋回俯仰の予備システムと見なされたのであった。

だが、すべての火砲も、射撃指揮装置やレーダーも、もし弾薬が効果を発揮しなかったら無用の長物である。砲弾はきわめて厳密な誤差範囲を満たすよう、注意深く設計製作されている。どの大きさの砲弾でも重量と空力抵抗は緻密に製造され、しかも大量に生産されなくてはならなかった。大口径砲には、防御鋼鈑を撃ち抜き敵艦の内部で爆発する能力を持つ徹甲弾（訳注：厳密には徹甲榴弾だが、海軍砲術では普通この種を徹甲弾と呼ぶ）を供給する必要がある。徹甲弾はその目的に対し、特に硬化された先端の丸い弾体となっており、比較的軟らかい金属を被せた風帽で流線型に形を整え、敵の表面硬化鋼鈑に命中したとき弾が跳ね返らず穿入するのを助けるようになっていた。信管は、衝撃力に耐え弾が装甲を通り抜けるまで炸裂を遅らせるため、充分な頑健さがなければならない。これらすべてを踏まえると高性能炸薬を収める空間はごくわずかしかないので、装甲貫徹以外の目的に対しては、それよりかなり多くの炸薬を積み爆風威力に多量の殺傷性破片を付け加えるよう設計された、通常弾が支給された。

5インチ砲の対空射撃用としては、頂部に機械式時限信管（mechanical time fuse; MTF）を持つ通常弾が与えられ、これは標的までの予想飛翔時間に応じ100分の1秒単位で何通りもの秒時に設定できた。5インチ星弾は対空用通常弾に近いが、MTFが作動すると基部の小型パラシュートに取り付けられたマグネシウム照明弾子が吹き飛ばされる。弾子は排出とともに点火され、水面へとゆっくり降下しながら2分間燃焼し、まぶしい白光を撒き散らす。

しかし、砲術の上で最も重要な要素のひとつは推進薬で、米海軍は大小の火砲に用いる無煙火薬を掛け値なしに誇りとしていた。高いエネルギーを発生し、安定性があって、有名な英軍のコルダイトほど鋭敏さがなく、淡い煙をごく微量発生させるに過ぎない。だが、射撃の際に視覚を幻惑させる閃光を発するという性質があった。

夜戦時における明度の高い閃光の持つ不利は当初から認識されていたが、これひとつの不利よりも安全で威力のある装薬という複数の有利のほうがまさった。米西戦争での戦艦「メイン」の爆沈や、ジュットランド海戦時の英巡洋戦艦の損失といった記憶が、海軍の安全関係の専門家に付きまとっていたのだ。弾薬庫の爆発は単なる不利ではなく、致命傷である。あらゆる推進薬を対象とした検討の末、無煙火薬は最も衝撃や火災に対する耐久力があると見なされ、他の要素は二義的とされた。濃い煙を発する物質を導入して閃光を著しく減じることはできるが、その装薬で見込まれる夜間の利点より昼間戦闘での不利のほうが重大視された。

今回の戦闘における各艦の砲撃に関して比較的細かく検討する際、各艦が持つ火力を表にしておけば役に立つかもしれない。ルンガ沖夜戦時の第67任務部隊所属艦の砲兵装を図4表に示す。

読者諸兄は、この海軍砲術に関する概説を読んで驚くかもしれないが、これはタサファロンガで何が起こり、何が起こらなかったかを理解するうえでの一助を提示するものである。海上戦闘の中では、艦隊編成、指揮官の人選、適用する戦術、そして各艦の動きがすべて、敵を撃滅する場所に兵器を送り込むという目的に沿っている。これらの兵器は期待どおり役目を果たさなければならず、さもなくば行動の一切は無に帰する。ルンガ沖夜戦は、両軍の兵器にとってまたとない啓発的な試験場であっ

艦名	砲		最大射程	射撃率
	数	口径	ヤード	射撃／分
ミネアポリス	9	8インチ／55口径	29000	4
	8	5インチ／25口径	15000	15
ニューオーリンズ	9	8インチ／55口径	29000	4
	8	5インチ／25口径	15000	15
ペンサコラ	10	8インチ／55口径	29000	4
	8	5インチ／25口径	15000	15
ノーサンプトン	9	8インチ／55口径	29000	4
	8	5インチ／25口径	15000	15
ホノルル	15	6インチ／47口径	25000	10
	8	5インチ／38口径	18300	15
フレッチャー	5	5インチ／38口径	18300	15
パーキンス	4	5インチ／38口径	18300	15
モーリー	4	5インチ／38口径	18300	15
ドレイトン	4	5インチ／38口径	18300	15
ラムソン	4	5インチ／38口径	18300	15
ラードナー	4	5インチ／38口径	18300	15

図4　第67任務部隊艦艇の主要砲

た。戦略や戦術のテストである以上に、それは兵器のテストであった。

11 第11章 分析と批評

Analysis & Critique

ルンガ沖夜戦に参加した各艦・指揮官の戦闘報告を、利用できるものすべて読み通すと、そこに見えてくるのは「戦場の霧」といわれるものである。いかにして真剣な観察者達が、実際の出来事に対しこれだけゆがんだ見方を持ったのか。両軍の実務者、報告者、批評家たちは熟達したプロフェッショナルであり、最大限の献身をもって戦時の職責を遂行していた。いかにして彼らは起こってもいない出来事を報告したのか。いかにして眼前の事物をこれだけ大きく誤って解釈したのか。

米軍側を混乱させ、その足を引っ張った不備は、国防体勢を形成するための国家総動員が明らかに不完全だったことではないし、訓練や部隊の状態保全の欠如、あるいは頻繁な指揮官の交代にしても同様である。決定的な不備は長年にわたって米海軍の中に形作られ、真珠湾の悲劇のはるか前から始まっていた。欠陥のある魚雷、貧弱な諜報、視覚を阻む砲撃、過信、それらすべてが役割を演じたが、とはいえ現場の観察者達はいかにして、起こったことをそこまで間違って報告したのだろうか。その答えは人の理性、そして人の感情の中にある。

進展しつつあるドラマの断片部分を脈絡なく目にすると、人はそれぞれに見るだろうと思ったもの、あるいは見たいと思ったものを見る。指揮官達は自分たちが補給作戦の邀撃を行なっているものと承知しており、索敵機も輸送船を報告していたことから、彼らは輸送船を見た。巡洋艦は同種艦との交戦を期待しており、駆逐艦をほとんど恐れていなかったため、巡洋艦の乗員達は巡洋艦を見た。砲手たちは自分たちの火器の決定的破壊力を知っており、それゆえ射撃の爆風がおさまったときに標的がなくなっていると、彼らはそれが沈んだか爆裂四散したと確信した。自艦の砲撃時の衝撃は感覚に強く訴えるものがあるので、人は射撃のボリュームを射撃の効果と同等にとってしまう。艦長たちは多数の証言を聴取したが、耳に入ったのは自分たちが聞こうと欲したことであって、そのように報告もした。

上級司令部が内容を削減した最終的な公式報告が、いかにして作戦本部長に対し、「高波」1艦のみ大破という事実を、敵駆逐艦4隻撃沈・2隻撃破と申告したのかを明らかにするため、著者は海軍歴史センター作戦公文書館（Navy Historical Center, s Operational Archives）から交戦時の参加各艦・司令部の戦闘報告書の複写を入手した。あわせて日本側の戦闘報告の複写も取り寄せている。ソロモン作戦全般、およびルンガ沖夜戦自体に関する田中提督本人の手記も、海軍協会の刊行物から得ることができる。著者はこれら資料から、米艦の航跡、全攻撃対象の距離と方位、報告された何らかの顕著な目撃対象を、縮尺1／36000（1インチ／1000ヤード）でプロットした。各資料間に若干の不一致はあるが、報告されたすべてのデータを注意深くプロットし、1、2の方位を現実に則すよう手を入れることで、時間的に段階を追った戦闘パターンが浮かび上がってくる。日本側戦闘報告では艦艇行動データが極めて乏しいが、著者自身の駆逐艦・巡洋艦での経験や、わかっている参加艦の特性を踏まえ、報告されているあらゆる時刻と行動を精密に位置取っていき、そのギャップを埋めた。また、この状況下で日本側の様々な指揮官達が何をしたかについては、あえて仮定を加えている。

日本側魚雷の射線は、判明している米艦の被雷と報告されている日本艦の雷撃時刻に、九三式魚雷の資料から推定した速力49ノットを総合して関連付けさせた。擱座輸送船の位置は当時の海図に示されている沈船位置から出している。戦闘時の航跡図の要約を図5、2箇所の最も重要な5分間の状況を図6、図7に示す。

もちろんライト提督とキンケイド提督は、誰であってもそうしたような戦闘計画を立てた。作戦計画1-42における夜間行動計画は現実の交戦に完璧に適合しており、戦闘の必須的要素をすべてカバーしていた。おそらく両提督は計画を上手に立てすぎたのであり、ライト提督は考えすぎていたのだ。当然ながら彼は陸岸の日本兵に対する補給への妨害という基本任務に集中しており、戦闘が始ま

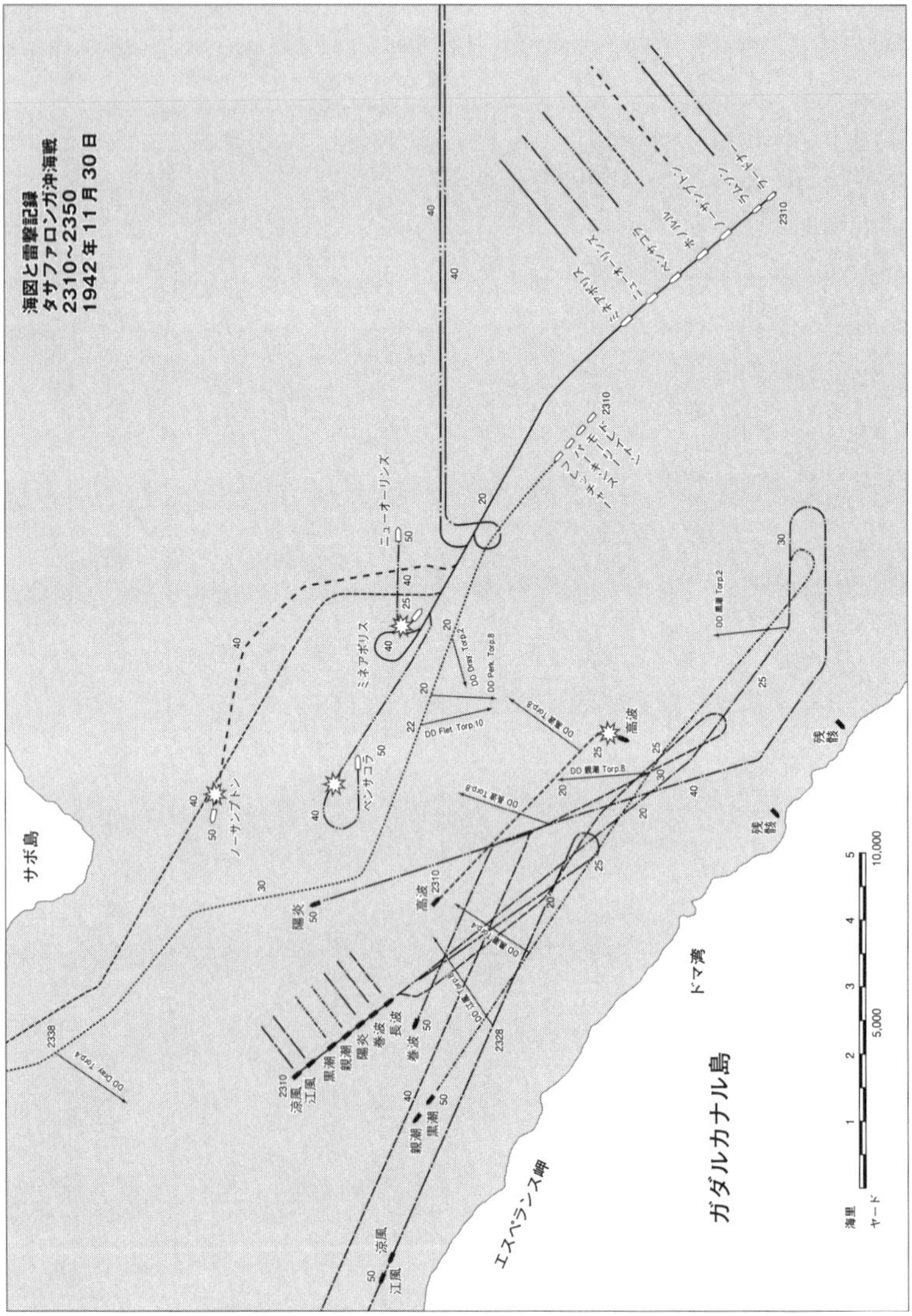

海図と雷撃記録
タサファロンガ沖海戦
2310～2350
1942年11月30日
サボ島
ガダルカナル島
エスペランス岬
ドマ湾
ミネアポリス
ニューオーリンズ
ペンサコラ
ノーサンプトン
高波
陽炎
涼風
江風
黒潮
親潮
巻波
長波
残骸
DD Drayt. Torp.2
DD Perk. Torp.8
DD Flet. Torp.10
DD 黒潮 Torp.2
DD 親潮 Torp.8
DD Drayt. Torp.4
2310
2328
2338
海里
ヤード
5,000
10,000

図5

る前は輸送船団を捕捉撃滅すると腹を据えていた。ライト提督の戦闘の意向を略記した戦闘前の通信に、「フレッチャー」のコール中佐は砲戦開始の前、魚雷が自分たちの標的に到達する時間的余裕はないかもしれないとの認識を持った。しかし、それはなぜだろう。何を急いだのか。もしライト少将が予期したとおり有力な増援作戦が行なわれていたとしたら、各船からの揚陸作業に数時間はかかると思われ、比較的劣速な輸送船に対処する時間もたっぷりあっただろう。著者の推測するところ、彼は敵の巡洋艦・駆逐艦を奇襲で捕捉し、輸送船は後で相手しようと望んだのだろう。ライト少将はまた、前方の駆逐艦で奇襲をかけることができるという自信をほとんど持っておらず、むしろ巡洋艦の火力をあてにするほうがいいと思っていた。

　ライトと部下の巡洋艦艦長全員が、雷撃を受ける危険範囲の外に位置を保っていると信じており、従って彼は計画していた１２０００ヤードより若干近めに押し出しても構わないと考えたかもしれない。だが何故、彼は計画通りの距離を保つ方針を変更しなかったのか。それ以上に重要なのは、なぜ彼が来襲する魚雷をノウサギの如くかわすような単純な針路反転をしなかったのかである（訳注：原文の foil は、ノウサギなどが普段の行動でも見せる、突然今までの進行方向から逆行したりまったく異なる方向へ大きなジャンプをしたりして追跡者の目や鼻をくらませる行動のこと。きわめて的確な表現だ）――アメリカの魚雷でも１００００ヤード届くのだ。彼が狭い水域と懸念していたとはいえ、アイアンボトム・サウンドはやはり大きな面積を持っており、疑いなく多くの戦術機動が充分許され

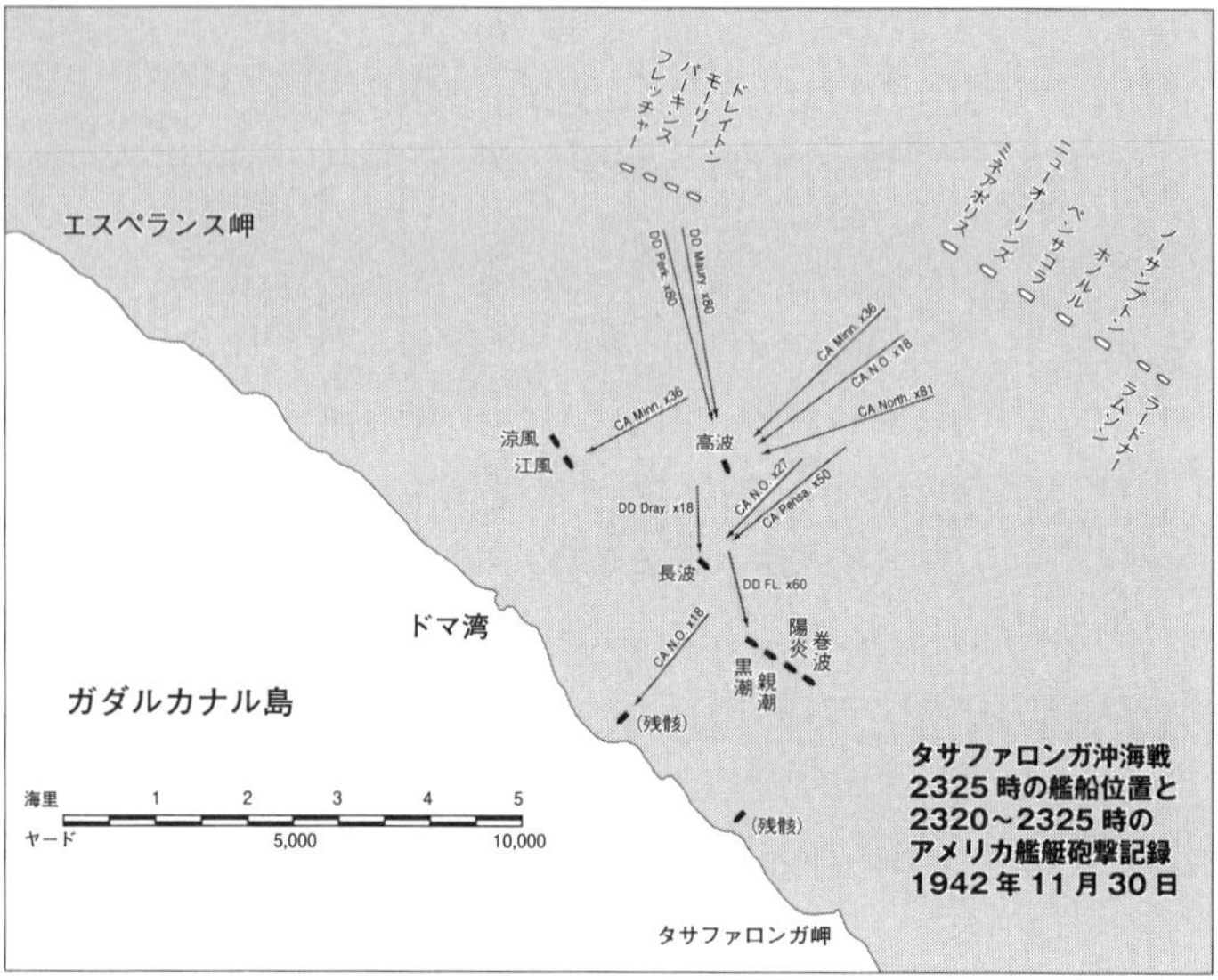

図6

る広さがある。もし敵側に巡洋艦か戦艦がいたら、またそれ以前の戦闘で経験を積んでいれば、１５０００ヤードないしそれ以上、いっそう充分な距離を確保して、レーダー射撃という米側の優位を利用したかもしれない。

ライトにとってコールの雷撃許可要請を保留した唯一の正当な理由は、標的の正体が確実でなかったことだろう。これは今まで議論されなかった。コールは自艦のＳＧレーダーと魚雷を徹底的に知り尽くしており、他の諸点から約４０００～６０００ヤードと推測した当夜の視程限界の外ぎりぎりを維持し、敵が雷撃艦の存在に気づく以前に命中させるよう計画した。彼は自分自身のプランを巧妙に立てたのだ。もしライトがコールの段取りを好まなかったとすると、それを改めるにはあまりに遅すぎた。賽は振られたのだ。ここでライト少将が部下の判断について逡巡したことは5分間の致命的遅延をもたらし、それによって「フレッチャー」はより長距離で遠ざかっていく敵に雷撃することとなり、魚雷の速度調定を低速に変更せざるをえなかった。「パーキンス」の中速設定雷撃もより不適なものへと変更させられた。ただし「ドレイトン」がなんとか長射程で雷撃したことに対しては、とりわけ阻害要因とはならなかった。

魚雷発射から1分以内にライトが出した砲撃開始命令は、魚雷が日本軍を無防備な状態で捉える望みを砕ききってしまったが、実情がわかってみると、戦闘初期の半狂乱的な数分間のうちに、魚雷の何本かはうまく命中の可能性がある区域に入り込んでいた。日本側の報告には、米前衛駆逐艦隊がライトの全軍命令後に砲門を開くまで、その4隻の存在に気づいたことを示す証拠がない。

この戦闘全体を通して、ライトが発した顕著な命令は2点しかない。ひとつ目はコールに対する雷撃差し止め、二つ目は全艦に対する砲撃開始である。彼は300度への転針を行なった2314時以降、旗艦の艦首が爆発切断しTBSがやられるまで、戦術運動の命令を一切出していない。また、彼は射撃開始前、自分の艦隊がレーダー追尾中の敵部隊から視認できていないものと明らかに信じていた。被雷した後でさえ、交戦中の水上艦艇のいずれかからの雷撃を受けたとは信じられなかったのである。

二つの部隊がお互い接近しつつあった中で米側にあった信じがたい勘違い、それは敵艦がすべて同

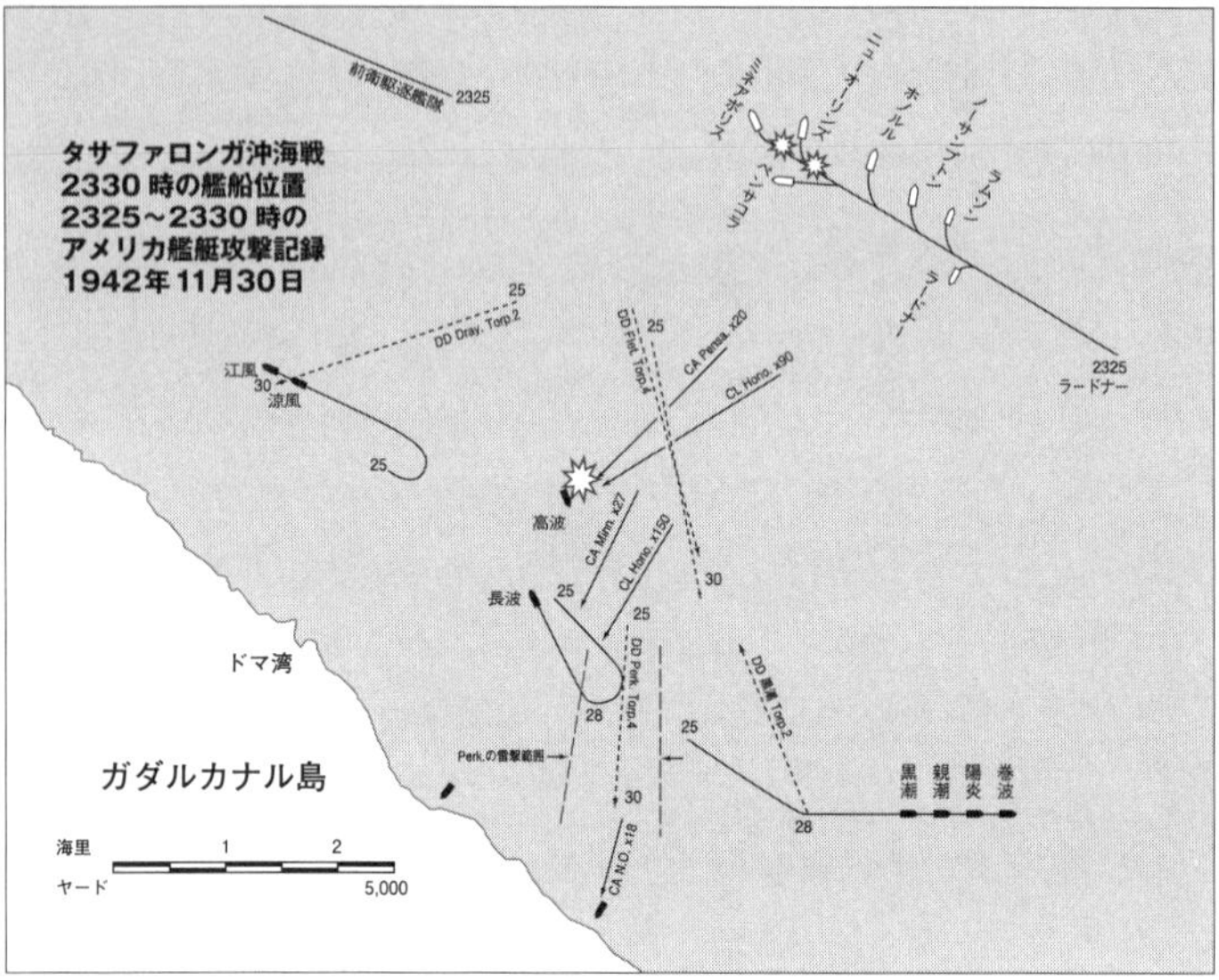

図７

じコースと速度をとるひとかたまりの隊形であると思い込んだことであった。２３２０時直後に砲撃開始命令が出された時点で、「高波」は沖側の哨戒配置を維持するため、おそらく10ノットまで減速していた。「江風」「涼風」はドマ沖の水域で停止して搭載艇を水面に下ろしており、「長波」は「高波」をバックアップすべく進出中、そして佐藤は部下の4隻を率いて「高波」を追い越し、30ノットでタサファロンガ方面へ向かっていた。大半の米艦は「高波」のみを追尾しており、それがこの時間帯で最も近い目標であり、減速中の速度は平均化されていた。

「高波」は砲撃を受ける8分前から接近しつつある艦列を注視し続けており、当然ながら雷撃準備も済ませていた。米軍の砲弾が周辺に落下し弾着点が近づいてくると、小倉大佐は疑いなく行動を起こす必要ありと認識し、米側の最初の弾着から約2分後、米艦列の先頭に対し魚雷8本の全斉射を実施したと思われる。これが運良く殊勲打となり、1打で「ミネアポリス」「ニューオーリンズ」の両艦に命中したが、その命中時間に30秒しか差がないことから、半分の雷数で別個の雷撃を2度行なったとするには時間がなさすぎる。駛走距離6500ヤード、各魚雷間の開角1度とすると、幾何学的図形は見事に適合する。この開角雷撃であれば、長い艦列の後方どこかのポイントで「高波」が狙った少なくともあと1隻には命中した可能性もある。

「高波」は、先導の巡洋艦隊が砲撃を開始すると概ねただちに砲門を開き、田中は第1斉射の命中を見たと報告している。米巡洋艦はいずれも砲弾を受けておらず、至近弾すらなかったため、田中が観測したのは巡洋艦の5インチ25口径砲による星弾射撃だった可能性が高い。その閃光は主砲塔から噴き出す重厚な爆炎とは異なって見えただろう。日本側のすべての報告が、米側が吊光投弾（航空機用照明弾）を大量に用いたと報じているのも興味深いが、吊光投弾は1発だけで、投下されたのもかなり後だ。日本側が星弾を見慣れていなかったのは明らかである。

「高波」は交戦の最初の数分間で、「ミネアポリス」「ニューオーリンズ」「ノーサンプトン」「パーキンス」「モーリー」から袋叩きにされた。著者の分析によると、同艦は米部隊のどの艦からも砲またはは魚雷で1回以上は攻撃されており、そのうち「ラムソン」は星弾射撃の大半で同艦を指標点として使っている。「高波」は大破炎上し、停止させられた。上部で何度も爆発し、その一部は予備魚雷と思われるが、同艦は沈まなかった。実際のところ、その後沈没するまで3時間も、惨憺たる状態のまま浮いていたのである。同艦は確かに、素晴らしく被害に強い艦であった。弾薬庫の誘爆も起こさなかったように見受けられる。

米艦列の先頭から末尾へと順に検討していくと、まず「フレッチャー」は、第一次雷撃の5本を射線が重なっていた「高波」と「黒潮」に対し発射した。魚雷は「高波」の前方に外れたが、これは同艦がすでに被弾して急激に速度を落とし、魚雷到達以前に右方向へ転舵していたためである。30ノットの「黒潮」は、魚雷到達のかなり前に無事通り過ぎていた。「フレッチャー」の第二次雷撃の半斉射は「陽炎」を狙ったが、的速設定を15ノットとしており、佐藤隊の各艦が30ノットないしそれ以上を出したため、これらもチャンスはなかった。しかしその後、佐藤大佐が親切にも針路反転し、これらとほとんど行き当たりそうになった。図で示すとおり、2334時の段階で佐藤隊の4隻は「フレッチャー」の魚雷の付近にあった。もちろん、この魚雷はたとえ彼らの艦底下を航過したとしても、炸裂のチャンスはほとんどなかったのだが。

「フレッチャー」は完全なFDレーダーによる管制下で、「黒潮」に対し5インチ砲60発を発射したが、目標は後方寄りの深い角度になっており、レーダー・プロットの報告した速度の2倍で走っていた。「黒潮」には1発も命中せず、射撃を中断するとFDレーダーのレンジ・ゲートは空白になってしまった。

「フレッチャー」の砲手と見張員は、自艦と敵の間に数を増しながら落下する星弾で幻惑され、他の目標を発見できなかった。

「パーキンス」は「高波」に対し魚雷8本の全斉射を実施したが、これは同艦が停止したため前方を航過した。後方から追いついてきた「長波」が斉射のカバーする範囲に突っ込むが、急激なUターンで魚雷到達時には範囲外に去っていた。田中は雷跡を艦首直前に見たと報じており、魚雷の一部が彼の旗艦の艦底を航過した可能性もあるが、おそらく駛走深度過大のため損害を与えられなかった。

「パーキンス」は「高波」を5インチ砲弾50発で猛打し、きわめて効果的に大打撃を与えたようだが、「高波」は転針して前衛駆逐艦隊に艦尾を向けたため煙と水柱に隠されてしまった。

「モーリー」は疑いなく「高波」を目標として5インチ砲弾20発を発射したが、命中したかどうかは知る由もない。同艦の目標は、「高波」の前部主砲または艦尾煙幕展張装置からと思われる煙で遮蔽されてしまった。いずれにせよ風は東寄り6ノット程度で様々に報告されており、これが炎上中の艦からの煙を二つの部隊の間でカーテンのように広げさせたようだ。

「ドレイトン」は明らかに全艦の中で最も良好なSGレーダーを持っており、遠方のドマ沖に横たわる「江風」「涼風」に注意を集めていた。あいにく同艦は確信を貫き通す勇気がなく、このたやすい目標に対しわずか2本の魚雷しか発射しなかった。図が示すとおり、この魚雷は到達が間に合い、「涼風」は慌てて急速後進し、元の位置のすぐ近くを魚雷が通過しており、実際それがあまりに重大だったため同艦は魚雷発射ができなかった。「ドレイトン」は「フレッチャー」のレーダーが見落としていた「長波」も発見し、同艦に対し5インチ砲弾100発をすべてレーダー管制下で見舞った。田中は敵弾の雨が舷側至近に落ちたとしているが、「長波」には命中しなかった。

前衛駆逐艦の後ろ3隻が報告した雷跡の入射に関しては、コールが指揮下各艦を率いて北へ向かう以前の期間ではまったく可能性がない。星弾が乱れ咲くと実際に雷跡が露見されるのだが、これらは前方の各艦から走り去っていく魚雷の気泡であった。著者も個人的にこの魚雷を視認し、「モーリー」の艦橋と同様の報告をしている。日本の酸素魚雷は、熱帯水域において充分視認できるような燐光を発するかもしれないが（訳注：夜光虫のため）、水面上に気泡の尾を引くようなことはない。

米軍側魚雷の爆発について、「パーキンス」は自艦魚雷の到達予想時刻に目標の大爆発を見たと考えている。同艦の魚雷は実際に1本が命中爆発したかもしれないが、図によるとこの雷撃は「高波」から外れており、何らかの大爆発は砲撃で引火した日本側の予備魚雷による可能性のほうが高い。それ以外の米軍側魚雷が原因となった大爆発のほうは、疑いなく魚雷がガダルカナル島沿岸のリーフに当たって弾頭が起爆したものであった。

「ミネアポリス」は「高波」に対し砲門を開き、4斉射でこれを撃沈したと信じた。星弾のイルミネーションが効果を発揮した時点で、観察者の中には正確に駆逐艦と判定したものもあったが、艦長と砲術士官は煙突を1本のみと見て輸送船と信じ込んでいる。目標上に大爆発が起こり、その後はもう何も見えなかった。レーダーでも標的が発見できなかったとする以上、これはFCレーダーが「パーキンス」「モーリー」からの多数の砲弾の水柱に引き離されてしまっていた可能性もある。これらの砲弾は同艦の射線をほぼ直交する角度で射入しており、もちろんそのレンジ・ゲートの中に着弾した。「ミネアポリス」が結果を見るため射撃を中断したとき、駆逐艦側も射撃をやめていたため、目視で何も見えずレーダー上にも何もなかった。となれば、目標は沈んだことになる。

「ミネアポリス」の次なる目標は「高波」のすぐ右側の「江風」で、正確に駆逐艦と判定している。正横10500ヤードの砲撃だったが、目標はちょうど動きはじめ増速中であった。射撃算定盤の解析にはどうしても避けられない時間のずれが生じることから、同艦の射弾は増速中の駆逐艦の後方に着弾したらしく、加えてレンジ・ゲートの範囲に「江風」「涼風」の両方がいたと思われるため、同艦の4斉射は2隻の中間をさして落下したのだろう。4斉射目は別の米巡のものと重複一体化したと報じられており、目標の中央に命中し船体を両断させた。艦首と艦尾が持ち上がって海面から露出するところが視認され、この艦は消滅した。著者は適当な説明を提供しかねるが、ひとつ示唆すると、斉射が距離は近めだが目標の方向に落下すると船の中部が見えなくなり、折損した船体から艦首と艦尾が持ち上がるような印象を与えるのだろう。同艦が視界から消えた点については、「江風」「涼風」がちょうど炎上中の「高波」から風で運ばれた煙の後を通過中だった事実から説明できる。

「ミネアポリス」の3番目の目標「長波」は、大型駆逐艦ないし巡洋艦と正しく識別されたが、「ペンサコラ」（「ニューオーリンズ」ではなく）とも交戦中で、挟叉1斉射のあと見えなくなった。この頃「長波」は面舵いっぱいで急反転しており、もし同艦が煙幕を展張していれば——ほぼ間違いなくそうしたと思われる——その煙が姿を隠して「ミネアポリス」からの視認を阻んだであろう。そしてこのとき、「高波」の最初の魚雷が「ミネアポリス」の艦首を断裂させ、立て続けに2本目が中部に命中する。5インチ砲は射撃を停止したが、主砲はその後も8インチ砲弾2斉射を撃ち続けた。田中は至近弾多数を認めているが、命中なしとしている。

「ニューオーリンズ」も「高波」に対し砲撃を始め、これを駆逐艦と識別した。他艦も同じ目標と交戦しているものと認識しつつ2斉射を放ったあと、同艦は目標が爆発消滅するのを見た。図では「長波」となる次の目標は「愛宕」型巡洋艦と判定し、3斉射を送って爆発が見られた。もちろん田中はこの損害査定を受け入れていないが、舷側至近での爆発は認めている。

この頃、星弾のイルミネーションが最高潮に達しており、その一部はガダルカナル島のかなり陸地側の上空にあって、「ニューオーリンズ」は岸近くの輸送船を発見し次の目標とした。2斉射後に目標上で大爆発があり、この船はしばらく炎上を続けた。同艦は左手の別の貨物船を発見し、これも同様に2斉射のあと爆発炎上した。

これら「ニューオーリンズ」の後の2目標については、田中が11月14日夜に擱座を命じた輸送船のうちの2隻とするのが唯一可能性のある説明である。たまたま佐藤隊もその前方を航過中で、これらがそこにあるという情報を持たなかったであろう米部隊の砲手にとっては、当然魅力的な目標に見えたのだ。これらはその時点までに、ヘンダーソン飛行場からの航空機や15日の駆逐艦「マッカラ」の攻撃で徹底的に打撃を加えられていたのだが、星弾の淡い光の下では完全な稼動中の船に見えたのだろう。深部まで貫通した8インチ徹甲弾が船倉内に残っていた若干の爆発物に達した可能性は、もちろんある。「ミネアポリス」が前方で爆発し、その30秒後には「ニューオーリンズ」自身の艦首が吹き飛ばされ、同艦の新たな目標探しは終了する。

ＳＧレーダーを持たなかった「ペンサコラ」は目標発見に若干時間がかかったが、照明が充分明るくなると間もなく3本煙突の軽巡洋艦と識別した「長波」を照準に据え、4砲塔の8インチ砲10門による一斉射撃を加えた。５斉射後、目標上に大爆発があって艦は消滅する（「長波」転舵・煙幕展張）。同艦は目標をＦＣレーダーで発見した右側の「高波」へ転じ、砲撃を再開。この2番目の目標は、射撃を始めると濃厚な煙幕から姿を表し、比較的基部の太い1本煙突から巡洋艦「最上」または「夕張」と識別された。２斉射目が有効打となり、船が消滅したため「ペンサコラ」は砲から弾を抜いて更なるターゲットを探した。この頃「高波」の後部煙突がかなり被弾破損していた可能性があり、艦上で爆発が巻き起こっていたのは疑いない。同艦の消滅（自艦の煙の中に）はまずもって信じられることである。

「ミネアポリス」ついで「ニューオーリンズ」が被雷炎上したとき、「ペンサコラ」は回避のため取舵をきったが、すぐ以前の300度に針路を戻した。炎の前面を航過した同艦は、日本側の艦長達に「テキサス」型戦艦と認識されたため注目の的となる。シルエット状になった同艦に発射された「黒潮」の魚雷2本は、駛走距離18000ヤードながら同艦に入射したようだ。「長波」「江風」「親潮」「陽炎」も同艦を捕捉しようとただちに接近を開始した。

2333時、「ペンサコラ」はFCレーダーで新しい目標（「長波」）を発見、左舷から急接近する。距離6000ヤードに達したところで規則的なリズムの斉射を開始、第7斉射終了後、距離7000ヤードで目標が消滅し撃沈と判断された。射撃指揮装置で何度か一帯を索敵し、12000ヤードに別の目標（「涼風」）を発見、まもなく主砲算定盤で32ノットにて避退中と示された。同艦は全砲門で3斉射を実施し数度の閃光を見たが、命中を確定することはできなかった（「涼風」は被弾しなかったが、「ペンサコラ」に若干の応射をしていたと思われる）。同艦は右舷の疑わしい影の上に星弾2発を発射し、「ホノルル」はすぐ自分が目標とされたことに気づく。「ペンサコラ」は数本の小さい水柱を前方に視認し、突如として後部機関室に命中した魚雷1本で大損害をこうむった。これはどこから来たものか。だれの攻撃であったか。

先述のとおり「黒潮」の遠距離雷撃であった可能性がある。「江風」が左舷前方、適度な射程の理想的位置から発射した8本のほうが可能性が高いかもしれず、さらに近くで同艦が攻撃していた「長波」も同様である。この2隻の雷撃はほぼ同じ時刻、2333時である。「ペンサコラ」は針路も速度も変えずに、規則的な斉射で自分の位置を宣伝し続けていたから、これらのいずれにとっても容易な目標であった。

「ホノルル」はショーの花形と見なされたが、ほとんど取り立てるに値しない。同艦の主砲プロットは時系列的な状況記録を良好な状態で維持しているため、その行動を追うのもさして困難ではない。最初の目標（「長波」）を慎重に選び、正確に駆逐艦と識別し、調整射撃を2度実施。9000ヤードで挟叉を観測し、6インチ砲15門の全火力を解き放って、100ヤードの〝ロッキング・ラダー〟を用いつつ漸増的に連続射撃を加えた。星弾による幻惑や、煙幕の妨害があり、射撃の大半はFCレーダーで管制された。同艦は壮絶な射撃を30秒行なった後、結果を観測するためこれを中断すると、射撃指揮装置は命中を報告し、算定盤では目標が減速中と示される。射距離も減少しつつあった。同艦が6インチ砲の猛射を再開すると、的速ゼロとなり距離は減少を続ける。ほぼこの時刻に前方の重巡2隻が被雷しており、ヘイラー大佐は「ホノルル」を右に急転舵のうえ30ノットに増速させた。大型艦が新しいコース上に落ち着くと、砲手たちは6インチ砲の最後の猛射を目標に与えたが、間もなく2隻の大破した巡洋艦が射線を妨げたため「ホノルル」は射撃を中止する。最終的な射距離は7150ヤードであった。

「ホノルル」の射撃を見ると、誰もがその激しさに感銘を受ける。とりわけライトとティズデールの両提督がそうだったが、それは田中提督とて同じで、彼は自らの旗艦がこのような砲弾の雨あられの中で生き延びおおせたことが信じられなかった。だが、米軍側の星弾と「ホノルル」のFCレーダーが彼を救った。煙と星弾のまぶしい光のため、同艦の砲手は距離と同様、砲の旋回においてもFCレーダーへの依存を強いられ、加えて「長波」周辺の海面は弾着のしぶきで逆巻いていた。田中は自らの見るものに驚く。受けている砲撃は射距離は正確だが偏差が狂っており、予期とはまるであべこべだったからだ（訳注：原文が田中の真意に沿うかどうかはともかく、厳密には「照準はいいが修正がまずい」と評したという）。

だが、「ホノルル」の正確な射距離保持は長続きしなかった。その雷のような砲撃は目標の手前に高い水柱を立ち上げ、FCレーダーの操作員は受信波を平均化して自艦の弾着を追いかけてしまったのだ。図によると「ホノルル」と「長波」の距離は実際上、射撃の間じゅう継続的に遠ざかっており、決して縮まっていない。その上「長波」は、反転後「ホノルル」から見て「高波」の背後側を航過している。「ホノルル」は3回目の30秒連続集中射撃の頃、「長波」からすでに航行不能となっていた「高波」へと目標転換していたわけである。算定盤の追尾が示した「長波」の速度ゼロへの低下は、同艦の反転に伴う方位変化と「ホノルル」自身の弾着追尾が複合して起こったものだった。同艦が報告したところの、最初の目標が「爆発四散し沈没するを観測」し、2番目の目標が「目標不明瞭となったため射撃中断した時点で」被弾していたという点について、何が起こっていたのか疑う由もない。「ホノルル」がまったく攻撃されず、一切の被害を免れた理由として最も考えられるのは、同艦が炎上中の巡洋艦2隻の背後に消え、数千ヤードに距離を開き、主砲が射撃をまったく再開しなかったためであろう。2336時までは目標発見を期待して時折星弾を発射しているが、その後各砲は沈黙した。また、〝戦艦〟「ペンサコラ」もまだ被弾していなかった。ヘイラー大佐のとった高速と激しい運動は、最も有効と思われる行動であり、どの巡洋艦艦長でもこうしていただろう。

「ノーサンプトン」は射撃命令を受けたとき、ちょうど縦陣運動の転回点に達し、新たな針路の300度をとっているところであった。FCレーダーが前方の巡洋艦陣が交戦中のものの左側に目標を発見し、11000ヤードで砲火を開いた。照明状態がよくなり、同艦はこの目標を前衛駆逐艦1、軽巡洋艦2の縦陣と認識する。その射撃座標は正確に「高波」の位置を示すのだが、視認状況は30度左側の佐藤率いる先行駆逐艦の3隻としなければ充足できないだろう。先述した矛盾のひとつである。忘れてならないのは、「ノーサンプトン」がこのあと撃沈されており、大半の記録文書が艦もろとも沈んだことで、従って二つの異なる観測報告が一体化された可能性があるとしても驚くことではない。最後の数斉射のあいだ同艦のFCレーダーのレンジ・ゲートは、他の巡洋艦2隻、駆逐艦2隻の砲撃による弾着の水柱で満たされる状態が続いており、同艦が目標から引き離されて、水柱が収まった時点でそこに何もなかったというのも、やはり驚くに値しないだろう。

前方の巡洋艦が被弾し、「ホノルル」の先導で右へ転針したとき、「ノーサンプトン」は危険にさらされている僚艦を避けるため射撃を中断する。2336時、同艦はコースを戻し「ペンサコラ」と炎上中の各艦の間にひらけた射界を得ると、「長波」を選び出し更なる9斉射を整然と加えた。射撃指揮装置は目標の爆発沈没を報告しているが、この観測に対し著者はなんら理由付けを示すことができない。ただ、まったくの推察ではあるが、同艦のFCレーダーが作動不良《フェード》を起こしはじめたため、射撃を中断して観測を行なった際に背景のガダルカナル島と対比して視覚的に何も見つからず、FCレーダーももはや距離12000ヤードの駆逐艦をピックアップできなかったのではないだろうか。いずれにしても、艦長は自艦の砲が戦闘中駆逐艦2隻を撃沈したと満足げに報じており、より近距離で敵軽巡（「高波」）の爆発を見たとも確言している。

2348時「ノーサンプトン」の前方から魚雷2本射入とする視認報告については解明できていないが、キッツ大佐はその存在を信じ「面舵一杯」を命じたとしている。この魚雷を発射する方角に日本艦は1隻もいなかったから、西から日本の魚雷が来るのは不可能だ。雷跡をほとんど、ないしまったく残さない日本の酸素魚雷は、「ミネアポリス」も「ニューオーリンズ」も被雷前に視認しておらず、それが「ノーサンプトン」から見えた可能性は考えにくい。しかし、概ねその時間に同艦が壮絶な爆発を起こし引き裂かれ炎上したことに関しては疑いようがない。

最も可能性のある魚雷の出所は、10分前に著しく目を引く〝戦艦〟（「ペンサコラ」）を雷撃した「親潮」である。この魚雷は「ペンサコラ」を外したが、そのまま走り続けて未発見の「ノーサンプトン」に突き刺さったのである。「親潮」は魚雷8本中3本命中を主張している。「黒潮」は2345時、〝敵戦艦〟

に魚雷4本を斉射したが、「ノーサンプトン」被弾の時点では航程の半分も行っていない。2352時、「陽炎」は〝敵戦艦〟に対し魚雷4本発射のうえ、主砲で急射撃を加えたと報じているが、この時は「ペンサコラ」も「ノーサンプトン」も炎上中で、両艦とも追加の被弾は伝えていない。言うまでもなく、いずれの乗員も荒れ狂う猛火と戦うのにきわめて忙しかったから、闇の中の駆逐艦に気づく暇などありえなかっただろう。ほぼ1時間後、「親潮」「黒潮」が「高波」救援のため反転派遣されたとき、後者はおそらく「ノーサンプトン」と思われる敵〝戦艦〟に最後の魚雷2本を発射したが、はっきりした戦果はなかった。

米側の敵に対する最後の一打は、2338時に発射された「ドレイトン」の低速魚雷半斉射であった。ライト報告では無視され、ハルゼーからは弾の無駄と酷評されたが、実は意味のある一打だった。「ドレイトン」の目標は「長波」で、このときはたぶん最低でも、田中の報告より速い36ノットは出していた。目標が極めて高速だったため魚雷は後方に外れたと思われるが、ちょうど11000ヤードをこえた魚雷の駛走距離は、この速度設定におけるMk15魚雷の能力範囲であった。「ドレイトン」の乗員は、魚雷が目標の航跡を交差したあとリーフに命中爆発したと報じており、すなわちその距離まで届いたことを証明した。ある艦がすでに危険な状態にあり、敵を視界に捉えている時点で、手元の武器を使い、それが命中するチャンスに賭けた艦長を批判するというのは、価値観の歪曲ではないかと著者は見る次第である。

「ホノルル」が解列し北方へ転針して以降、なぜ戦闘にほとんど寄与しなかったかを説明できるのは、同艦のSGレーダーの不備だけである。優秀な装備ではあったが、艦隊配備から間もなく、なお多くの不具合を解決する必要があった。初期の装備はとりわけ衝撃や振動に阻害され、悪影響が続くと機器の性能も低下した。3度の連続射撃中の強い振動は、当然どんな機器にとっても厳しい試練であったろう。「ホノルル」がサヴォ島の至近を通過しようとしていた2340時、残存する日本駆逐艦7隻のすべてが同艦から15000ヤード以内にあったにもかかわらず、同艦は1隻も探知していない。その後サヴォ水道を西へ向けて進み当夜の片をつけ終わるまでの最終掃討でも、損傷した「高波」を救援すべく反転を命じられていた日本駆逐艦2隻を探知できなかった。

同様のことはティズデール提督にも言える。ライトの旗艦が行動不能となったため急遽指揮を継いだ彼は、性能が低下した「ホノルル」のレーダーに依存しており、ほとんど何も見えず、従ってほとんど何もできなかった。彼の照会は時宜を得たものだったが、ライトから最終的に命令を受けるまでは引継ぎができたと思っていなかった。指揮継承命令は0001時に出されたが、彼は行動にあたっての情報をほとんど持っていなかった。彼は「ホノルル」を指揮して実りのないサヴォ島北方の掃討を行ない、まだ作戦可能な艦の取りまとめに努めるが、同艦のSGレーダーもTBSも任務の役に立たず、状況を掌握するまでに1時間半を要したのであった。

この件で私たちが思い出すのが、「ラムソン」「ラードナー」と、ほとんど忘れられていた第9駆逐隊司令アバークロンビー大佐である。他に何の指示もなかったため、「ラムソン」は戦闘の冒頭10分間、星弾射撃で手助けをしようとしたが、この努力は味方と敵のどちらの役にも立たなかった。同艦が発射した星弾のうち半分程度と思われる量は同艦から「高波」に向かう照準線の右側に落ちて味方前衛駆逐艦隊を幻惑させ、それを含むすべてが日本側の目をくらませた。また、佐藤隊の4隻が南東へと疾走し、これらがまさしく米軍側砲手とドマ入江沖の艦との間に明るい閃光の壁を敷いたことで、同隊から注意を引き離させる助けにもなった可能性がある。味方巡洋艦の重機関銃座から攻撃を受けたあと、アバークロンビーが部下を率いて東へ向かい戦場を離脱した点については、慎重という評価しかできない。彼には誰からも何の命令もなかったのだ。

この混迷の夜の中でひとつ残っているミステリーは、「ミネアポリス」が衝突しかかって、結果的に舷側至近を通り過ぎた、駆逐艦の転覆船体の件である。物語的な戦闘報告はライト提督が自身の査定の中でそうだと思ったことのすべてなのだろうが、その中でこの残骸は０２１５時頃、「ミネアポリス」が転針してツラギへ向かったあと視認されたとある。だが、明らかに操舵手の手帳から作られたラフな復元品である同艦の航跡図では、残骸の舷側至近通過を２３４９時、同艦が転針してルンガ・ポイントへ向かった直後と記録している。ローゼンダール大佐は「この船骸は間違いようもなく駆逐艦の艦首で、他の構造物の長い区画が付随していた」と報じており、ライトの情報アイテムリストでは「竜骨の視認可能な部分は、３００～５００フィートと様々に見積もられた」としている。察しの通り。図で「ミネアポリス」が「ニューオーリンズ」の切断された艦首のそばを通過したことが示されるのである。

戦闘区域上空を飛行していたSOC水偵の搭乗員は、戦闘を鳥瞰する視点を持っていたのだから、ライト提督が発生した事象の解釈を試みるうえで、すべての情報の中で最も価値のあるものだったはずだ。彼は報告書冒頭の情報一覧表にこの観測記録を示しているが、呑気ものの搭乗員はむしろ役立つより話を誤解へと導いてしまっている。「ミネアポリス」戦闘報告書の付記（C）は〝本艦搭載機乗員より提供された情報〟と題されており、L．L．ブーダ大尉とR．J．ホージ中尉の報じた情報が収められている。以下は適宜引用した項目と、それに著者のコメントを添えたものである。

3　味方巡洋艦隊の射撃開始直後、航空機搭乗員はタサファロンガ沖で炎上中の大型船少なくとも3隻、疑いなく日本輸送船を観察。これら炎上中の船は極めて短時間で消滅、おそらく沈没したためと思われる。搭乗員はこの輸送船エリアに合計5隻、可能性として6隻を視認。日本輸送船は海岸からの距離が過大のため、何らの揚陸もしなかったのは確実。

寸評：「ニューオーリンズ」の射撃を受けている擱座貨物船があった。現在の海図ではタサファロンガ付近に合計5隻の擱座船骸が示されている。

4　「ミネアポリス」被雷とほぼ同じ頃、搭乗員は同艦の方向に対し砲撃中の敵艦隊を観測。これらは「ミネアポリス」の左舷側前方寄り、日本輸送船エリアのかなり北方にあった。搭乗員は確実にこれらが同エリアと味方戦闘艦列の中間にあったとしている。

寸評：当時「高波」「長波」と、たぶん佐藤隊の一部が味方巡洋艦に対し砲撃中であった。

5　ガダルカナル島の海岸線へ向け飛行中、彼ら搭乗員達は駆逐艦6隻の単縦陣を視認。駆逐艦と判断したのはその高速とサイズによる。海岸線に近接し、日本軍輸送船エリアに展開した星弾の壁と海岸線の中間を東へ向かっていた（6隻以上の可能性も推測されるが、はっきり見たのは6隻）。概ね味方部隊の主砲射撃が完了ないし漸次終息した時刻に相当。航空機は、エスペランス岬〜ルンガ・ポイントの中間より少し進んだとき駆逐艦6隻の上空を航過。このとき日本駆逐艦の縦陣は取舵180度の急転舵を実施し、やはり海岸線と星弾照明の中間で西方へ航行を続けた。縦陣の転回点は照明の東端より先。

寸評：この報告の6隻は、佐藤隊4隻および「高波」「長波」と見なされるであろう。当時航行中だったのはこれらしかない。巡洋艦の射撃が下火になっていった頃の急転舵は、佐藤隊の4隻について符合するが、日本側の報告では面舵転舵である。

7　エスペランス岬からサヴォ島への最初の移動で、搭乗員は針路270度、推定速力30ノットで航行中の大型艦1を観測。この艦は見かけ上損傷を受けていなかったが、きわめて船体長が大きく、彼らの意見によるところ重巡洋艦で明らかに自軍のものではなかった。搭乗員が認識している限り、同艦は無傷で離脱した。

寸評：これは「長波」を示す。

8　エスペランス岬からサヴォ島への2度目の飛行で、搭乗員は激しく煙を上げつつ低速で西方へ航行中の大型艦1を観測。搭乗員はこれを、先の項で報じた高速西進中のものと同じサイズの敵艦と判定。搭乗員自身は彼らの視点から見てこの2隻のいずれも西進しておらず、これらは米艦の可能性があると信じている。炎上中の艦は発見当時、サヴォ島とエスペランス岬のほぼ中間にあった。味方搭乗員から最後に視認された時点で、この艦はなお西進を続け、煙も出ていた。

寸評：損傷した「ペンサコラ」と合致する。

10　搭乗員の申し立てでは、２度目にエスペランスを出てサヴォ島へ向かっているとき、大型艦１隻の大爆発を観測。そこから炎の玉が上空２０００フィート以上まで広がった。この爆発艦の位置はサヴォ島中心から約２海里東と報じられている。ブーダ大尉の意見では、この壮絶な爆発は重油やガソリンではなく弾薬を示しており、給兵船（弾薬運搬船）であった可能性をうかがわせる。

寸評：これは「ノーサンプトン」。

明らかに、上空からの視点は下からのものと比べてもさほど正確ではない。やはり搭乗員達も輸送船の発見を予期しており、それを見たのだ。

しかし、無煙火薬の幻惑効果に触れずして、この分析を締めくくるわけにはいかない。米側の魚雷は仕事を果たせなかったが、現場の砲手も報告書を批評した提督たちも、巡洋艦の砲火をもってバランスを取り戻すことが可能であり、実際そうなっただろうと確信していた。すべての報告が８インチ砲のボリュームと精度を賞賛しており、「ホノルル」の6インチ砲射撃に対し評価を示すには言葉がほとんど舌足らずであった。唯一の問題は、部隊の目視能力と光学兵器が、視覚を妨げる砲の閃光による麻痺と星弾の輝光による幻惑を強いられたことであって、そのため射撃指揮装置が目標の捕捉を続けられず戦果の観測も誤った。米側火砲の精度と効果は信じがたいほど劣悪で、現場の観測者は砲撃の閃光と瞳の中の「星」によって著しく視力を損ねたため、物を見ることができなかったのであった。

すべての指揮官達が無閃光装薬の必要性を表明し、ワシントンではこの問題に取り組んでいたが、11月30日の時点で必要な装薬は持ち合わせていなかった。この戦闘は、ジュットランドやドッガーバンクに心を奪われ、あらゆる重要な戦闘が昼間に行なわれるはずだと思い込んでいた海軍士官たちの視野狭窄を後世に残す記念碑であった。それに対し、日本側の上級司令部は夜戦能力に高価な投資を行ない、タサファロンガで利益の配当を得たのであった。

12 Epilog 第12章 エピローグ

半世紀以上もの昔の、あの運命的な夜に鉄底海峡で何が実際に起こったのかを学び、著者個人としては大変満足であった。この戦闘における両軍側の報告書を読み、入手しうる最良の情報源に接しているると感じるのは、著者にとって魅惑的なことであった。この労力が海軍史への貢献として評価されれば幸いであるが、いくつか著者自身の観察を付記せずして、この興味深い戦闘の一件を終了とするわけにはいかない。

戦場にあった二人の指揮官、すなわちライトと田中の対照は際立っている。両者とも生え抜きの海軍士官であり、きわめて適任で自らの任務に充分備えていた。田中は日本の長い領土拡大戦争の10年目にあり、第二水雷戦隊の指揮をとって対米戦の開始時から前線に立っていた。生き延びた人間の誰もが等しく持つ戦闘経験があり、身を削るような3ヶ月のあいだソロモンの苦闘の中心に踏みとどまり続けた。根っからの駆逐艦乗りで、優秀な兵器である九三式魚雷と、それを扱う部下の錬度を信頼していた。事実上、彼が下した命令は二つしかない。「用意」と「かかれ」である。

ライトの駆逐艦経験は第一次大戦までさかのぼり、1930年代末には巡洋艦の指揮をとり、昇進の末に巡洋艦戦隊の司令官となった。彼が第67任務部隊を指揮したのはわずか2日のみだが、任務に対し徹底的な準備を行なっており、それは30年の海軍勤務のなせる業であった。長年のあいだ昼夜双方のあらゆる種類の艦隊運動、存在したあらゆる砲雷撃演習に加わった。部下のどの指揮官も正規軍人であり、同じ学校で同じ規範を学んだ。全員が同じ信号書を用い、艦隊運動や戦術を熟知していた。米艦隊の編成と運用の標準どおり、どの艦もあらゆる戦術的命令に即応する用意があった。「ラムソン」「ラードナー」は、来着が遅すぎて星弾に関するライトの指示を受け損ねた点から例外とするが、それ以外の、彼の部隊が急遽編成されたという事実は、戦いの結果と何ら関連がない。酷評を受けた、前衛駆逐艦陣に司令がいなかった事実でさえ、要因ではない。コールは卓越した手腕で自らの指揮下各艦を使いこなしたのだ。

ライトはそれまでの戦闘から厳しい精神的重圧を受けていた。サヴォ島沖の初戦の惨劇が計画立案につきまとって離れなかったうえ、先の3海戦における前任者のうち生存者がリーしかいないことも脳裏から消去できなかった。彼はキンケイドの手引きに従い、細部の詰めを行なった。部下各艦が鉄底海峡に入り、長い梯陣で西へ向けて掃討を実施した段階で、舞台は完璧に整っていた。レーダーの長い指が敵を捉えたとき、最初の運動として各艦に面舵をとらせて縦陣に改めたまではよかった。だが、当初の方向軸を保持し運動を続ける手段として、彼がそうした可能性を語っている通り一斉回頭を用いたほうがよかったかもしれない。前衛駆逐艦隊の先任艦長がベストと思った時刻の雷撃を制止した、最初の命令は間違いだったが、射距離を詰めさせ、魚雷が目標に到達するチャンスを得るより早く部下各艦に砲撃開始を命じたことは、より大きな間違いだった。彼は基本的に単一兵装主義者であり、心理的集中の中心を巡洋艦陣の巨砲に置いていた。

とはいえ、リーやキャラハン、スコットが最良の瞬間に示したのと同様の高い熟達度をもって、カールトン・ライトは戦闘のあらゆる部分に対処している。米側の提督たちは暗夜の中で、指揮下各艦を自信を持って巧妙に運動させることをしなかった。それらの艦は通常の任務部隊の行動において、毎夜複雑な運動をこなしていただけに、その理由を理解するのは難しい。また、彼らは各艦の持つ兵器の管制そのものの方を、その兵器を最も効果的に使える場所に各艦を配置することよりも重視していた。この習慣が、リーの場合を除くサヴォ島周辺におけるすべての海戦で火砲と魚雷の効果的使用を妨げたのであった。彼らのいずれもが優れた立案者で良い戦略家だったが、敵に出会うと「凍結」してしまったように見受けられる。ひとたび交戦が始まると、自らがコースや速度を変えて敵を当惑させ、攻撃を外させることができるのを忘れてしまったようだ。

最も訓練が必要だったのは、ニミッツが示唆した艦と乗員ではなく、提督だった。彼らは実際の戦闘の中で、遅滞のないリアルタイムの思考と行動を求められる。部下各艦とその兵器、とりわけＳＧ・ＦＣレーダーのような最新装備に対する徹底的な理解が必要だった。そして、自らの能力と限界を知らなければならない。各種兵器や機器を、それを使うことが快適に感じられるまで充分練習する必要がある。部下に信頼を置き、今こそ日頃訓練を積んできた任務に取りかかれて、命じることができるよう、準備しておかなくてはならないのである。

ハルゼー提督が自身の裏書第４項で述べたコール中佐に対する辛辣な批判は、遺憾である。コールは部下の艦を錬度と決意をもって動かし、ライト提督の干渉を除いてはほぼ完璧な雷撃を行なったと思われ、目標を得られなくなるまで敵への砲撃を行ない、その後で指示の通り戦闘中止のうえ離脱した。部下を率い全力に近い速度でサヴォ島を回り、そして適切な陣形を敷いて再度の交戦を目指し南方へと向かった。そこへ非難の雲が彼の上に垂れ込めてきたのは、コールの後をついてきた「ホノルル」のティズデール提督が北に消え、大方０１００時まで鉄底海峡に戻ってこなかった段階である。ハルゼーはティズデールの行動に賞賛すべき点を見出し、彼が「卓越した質の率先的統率力」を発揮したと語る。やはり単一兵装主義者の類に属するハルゼーは、駆逐艦のことを大型艦に助力を提供する小型艦と考えており、固有の権利を持つ主要艦艇とは思っていなかった。巡洋艦は夜戦では扱い難く、駆逐艦が優れた魚雷を装備して、しかも手際よく活用されたら、とても対抗できない。それが劇的に実証された戦いに対して評論しているということを、ハルゼー自身が認識していなかったのは明らかだ。

九三式魚雷の存在と性能に関する正確な知識がなかったことについては、第67任務部隊の誰かに過失があったわけではない。海軍諜報部が本魚雷の件を察知していなかった理由は定かでない。もちろん、日本が並外れて大型の魚雷発射管を持つ駆逐艦を建造していることは世界の知るところであった。日本駆逐艦は重武装のせいでトップヘビーになりすぎ、少なくとも1隻は転覆した——といったジョークさえ出回っていたぐらいである。それにしても、その武装、とりわけ魚雷と重量のかさむ発射管が何故そんなに大きいのか、素人でさえ不思議に思ったはずだ。

日本海軍が何を企んでいるのか、それを見破るためにアメリカ海軍省は何をしていたのだろう。ざっと写真を見ただけでも、その魚雷の大きさと、艦上の重要な位置に配置されていることは明らかにわかったはずだ。太平洋艦隊司令長官、海軍作戦部長、兵器局長はいずれも、真珠湾の日本魚雷に目を奪われ、少なくとも日本が優秀な魚雷を持っていることは印象付けられていたはずだ。11月中旬の混戦のさなかで日本側魚雷の性能を量るのが困難だったのは言うまでもないが、艦艇が次々と重大な被害を受けている以上、その致命的威力を疑う余地はなかった。その前の8月に、「クインシー」「ヴィンセンス」が日本の魚雷に内臓をえぐられて1時間以内に沈んでしまった事例が、それをよりくっきりと浮き立たせている。南太平洋部隊司令官、あるいは太平洋艦隊司令長官は、日本側魚雷が想定外に大威力であると結論付け、部下各指揮官に対し魚雷射程から充分離れた場所を維持し、設計目的どおりの遠距離をもって火砲を用いるよう警告すべきであった。

この失態に関してははっきり感じ取られるひとつの深層的原因は、アメリカのものは何でも一番で他国のものはどれも劣っているという根深い信念である。それはプロパガンダにとってはいい薬かもしれないが、戦備の上では愚策である。日本人は自らの小さな国の外で起こっている物事にとても興味を持っており、そのあまり日本人旅行者は誰もがカメラを持ち歩くスパイだと見なされるようになった。日本軍部は40年来にわたって大東亜戦争のプランを練っており、自らの利益になりそうな技術発展はどんなものでも買い取るか、必要なら盗み取る用意を万端に整えていた。米海軍はその巨砲、著しく発達した装甲、優秀な無煙火薬、傑出した射撃指揮装置、そしてＭｋ15魚雷と強力なＭｋ6起爆装置さえも世界最高と確信していた。アメリカは第一次世界大戦の終結時、民主主義のために世界を救ったという名声を得たが、以後その精神は自惚れに麻痺してしまい、探求も批判も押さえ込むようになっていった。もしアメリカの魚雷が現実的な試験を受け、真珠湾以前にその欠点が是正されていたら、それだけでも第二次大戦の前半2年の歴史は丸ごと変わっていただろう。米潜水艦隊は1942年中頃までに――その2年後ではなく――日本を打ち砕き始めていただろう。珊瑚海、ミッドウェイ、スチュワート、サンタ・クルズ、航空魚雷を使用できたあらゆる場所で、よりよい結果が得られた可能性があるうえ、サヴォ海峡の無様な夜戦においても、ずっと多くの日本艦の残骸が海底に残されたのではなかろうか。ソロモン戦線の全般とその後の戦いは、期間も損失ももっと少なかったことだろう。

もしも米戦艦が真珠湾で行動不能とならず、山本提督がその計画通り米主力艦隊を洋上決戦に引き込んだとしたら何が起こったか、考えてみると良い。戦闘部隊指揮官ウィリアム・S．パイ少将は、大戦直前の艦隊演習期間中に繰り返し予行をしてきたとおりの古典的様式をもって、戦艦の複縦陣2個の大艦隊を間隔2〜3000ヤードのほぼ並行進路で航行させ、側面を複数の巡洋艦戦隊で固めつつ、敵の前後に向けて進出させるような動きをとっただろう。駆逐艦部隊はその前後に配置され、雷撃に備える。大口径砲が規則的周期の砲声をたてると、米水雷戦隊は射撃を加えつつ突撃し、威力を発揮する距離で戦って敵に大損害を与える。すなわち、大量の魚雷射線の十字攻撃をかけて敵戦艦陣を漸減していくのである。それに呼応して日本の巡洋艦と駆逐艦の軽快部隊も接近すると思われるが、米側の指揮官を警戒させるほどには寄ってこない。彼らの魚雷は、おそらく視認されないまま水中に射入するだろう。敵の両翼部隊は、あまり損害を与えないまま後退して米側を驚かせる。米側の魚雷はごくわずかの例外を除き、日本側主力艦列の船底下を何の被害も与えないで通り過ぎてしまう。そして敵の巨砲は弾を吐き出し続ける。その逆に、日本の魚雷の津波は米艦陣のあちこちで高々と爆発の火柱を上げさせ、艦を大破させ、破滅を広げていくであろう。このような戦闘の結果は、真珠湾のだまし討ちよりはるかに大きな規模のダメージを、艦隊そのものとアメリカ人のモラルに対して与えただろうと考えられる。真珠湾攻撃は、平和時に準備を整えないまま不意に巻き込まれたひとつの事例であって、フェアな戦いで打ち負かされるのとはまったく別の話なのである。

日本の九三式魚雷は、ドイツのV2ミサイルが地上戦でそうであったのと同様、海上戦における偉大な前進の一歩であった。この種の兵器に新たな技術水準をもたらし、凡庸なものから致命的なものへとスケールアップさせた。実際は英独の両国も終戦前に潜水艦用酸素魚雷を有しており、アイデア自体はそれほど奇異ではない。「スーパー魚雷」の着想は、先例のない射程と速度、打撃力だけでなく、艦隊とそれを含む戦略的方針を形作った海軍指導者達の勇気と創意があったからこそ、九三式魚雷というきわめて恐るべき兵器として実現したのである。技術的な巧妙さ、多額の投資、堅固な決意がこれを可能とし、日本はそれを成し遂げた。自らの優秀性を自認し、失態を無闇に秘密主義のカーテンの裏へと押し隠していた米海軍は、それをしなかった。

今日の米海軍は1930年代の不況期から長足の進歩を遂げたし、旧時代の海軍兵器開発を指導したごく一握りの専門家達のような排外主義からも、遠く隔たっている。わが国は毎年、戦前の海軍予算全体以上の資金を兵器の研究開発にかけている。今日の我々には兵器や装備の試験・評価に努める組織や機関が数多くあり、このMk6起爆装置のような機器が、ちゃんと宣伝どおりの性能を発揮しない限り、実用化されることがないようにしている。では、タサファロンガ沖の信じがたい出来事の原因となった不備と、同じような事態が今また再び、気づかぬまま進展したらどうなるのだろう。これはいささか興味深い話となりそうである。

　ひとつのエリート集団が、特定の範囲の情報を市場のごく一部で独占して囲い込んでいる限り、ある種の設計が秘密というレッテルによって徹底的な評価を阻まれている限り、どんな兵器でも現実的な条件で実物を標的に徹底的なテストを受けていない限り、安心するわけにはいかない。弾頭と起爆装置は敵に損害を与えるための決定的な部分であるが、それが実際の標的に対してテストされていただろうか。それらは来襲するミサイルを撃破したか。船を沈めたか。艦橋の支援設備をノックアウトしたか。探知と追尾の設備はきわめて重要だが、それらはどんな天候でも作動するか。射撃中や被弾時に機能不全になる可能性があるか。あるいは最悪の場合、誤認を招く可能性があるか。コンピューターはほとんどどんなことでも、必要性の有無とは関係なくこなすことができるほどの能力があるが、我々の指揮通信システムは、現場の指揮官の要望を満たしているか。あるいは本国のソフトウェア責任者や記録業務の担当者にとってはどうか。設計者、メーカー関係者、政府各研究機関、システム分析者、軍の幕僚、政治家、官僚、それらは現場で戦っている人間を助けているか。あるいはその人間と兵器の間に立ちはだかっているだろうか。

　Ｍｋ６やＭｋ15の思いもよらない欠点と同様の失態は、テストにおいて実物とはまったくかけ離れた標的の使用が認められている場合には、現在もなお気づかれないまま進行している可能性がある。対潜魚雷が有効かどうか判定しようとする際、Ｍｋ６の愚を繰り返す危険を避けようとする以上、本物の潜水艦かそれに相応する根拠のある標的を使ってテストされなければならない。対艦ミサイルが致命的威力を持つかどうか判定しようとするには、実際の艦船に発射し損傷を測定しなければならない。上部構造物を損傷した船は全損ではないのであって、再び戦場にもどってくる可能性がある。火砲や誘導ミサイルは現実的な速度と高度をとっている複数の目標に対し、現実に起こる不利な天候下で発射されるべきである。設計開発は外部に公開し、資格ある、かつプロジェクトの成功や製品の納入にあたり既得利権を持たない、外部の専門家の評価を受けるべきである。

われわれの軍事情報組織が確実に、軍の指導者達の知識のために実際の役に立つ貢献をなすようにすることも、同様の重要性がある。秘密の金庫に仕舞い込まれた膨大な量のデータは、肝心の事実がそれを必要とする役人の意識に達しない限り無用の長物である。ミサイルの索敵装置《シーカー》や起爆装置の設計者が知る必要があるのは、どんな対抗手段を敵が現実に保有し、使う可能性があるかであって、技術的に可能かどうかではない。レーダーの設計者が知らなければならないのは、現実的な標的の特徴がいかなるものかであって、際限のない支出で何が達成可能かという科学者の憶測ではない。諜報については、収集すること自体も充分難しいかもしれないが、それはさほど重大ではなく、むしろ集めたものの鑑定が問題である。馬鹿馬鹿しい秘密の壁を打ち破ってのみ、がらくたの山から価値ある情報を濾し取って、それを使いこなせる人物の運用に供することができるのである。それに、収集者と分析者は、各艦、各戦隊、幕僚、研究所、工場の、どの個人がその情報を必要としているのかを知る手段を持たない。新兵器が開発された時点で、誰がそれを知る必要性を持っているかなど、わかる者がいるだろうか。

このタサファロンガの戦闘に関する今回の分析が、世に伝えられている出来事の透明化を助け、従来なされていたいくつかの誤判断を是正するよう望む。なにより、これで読者諸兄が活気付けられて、現在の兵器や装備を精査し、米国の軍事兵力が確実に世界最優秀かつ最も信頼性の高い兵器を保有することになるよう希望する次第である。我が国の若者は世界中で最も有能であると信ずるが、彼らに有効で信頼できる兵器を渡さなければ、この国が必要としているときに勝利を得ることはできないであろう。

THE BATTLE OF TASSAFARONGA

ルンガ沖の閃光

発行日　2008 年 9 月 26 日　初版第 1 刷

著者　ラッセル・クレンシャウ
翻訳・監修　岡部いさく
翻訳　岩重多四郎

発行人　小川光二
発行所　株式会社大日本絵画
〒 101-0054　東京都千代田区神田錦町 1 丁目 7 番地
Tel 03-3294-7861（代表）
URL; http://www.kaiga.co.jp

企画／編集　株式会社アートボックス
〒 101-0054　東京都千代田区神田錦町 1 丁目 7 番地
錦町一丁目ビル 4 階
Tel 03-6820-7000（代表）
URL; http://www.modelkasten.com/

装丁　大村麻紀子
編集・DTP　アートボックス
印刷・製本　大日本印刷株式会社

Publisher: Dainippon Kaiga Co., Ltd. Kanda Nishiki-cho 1-7,
Chiyoda- ku, Tokyo 101-0054 Japan
Phone: 03-3294-7861
Dainippon Kaiga URL: http://www.kaiga.co.jp
Editor: Artbox Co., Ltd. Nishiki-cho 1-chome bldg., 4th Floor, Kanda
Nishiki-cho 1-7, Chiyoda-ku, Tokyo 101-0054 Japan
Phone: 03-6820-7000
Artbox URL: http://www.modelkasten.com/

THE BATTLE OF TASSAFARONGA
by Russell S. Crenshaw, Jr.

ISBN978-4-499-22973-9